지은이 강주원

가끔은 세계를 여행하고
보통은 일상을 여행합니다.
여행하는 삶을 글과 영상으로 남깁니다.

Instagram   Youtube

"여행의 추억을 길게 이어 좀처럼 끝나지 않는,

상영 시간이 긴 영화를 만들고 싶다.

훗날 그 영화를 보며 웃을 수 있는,

그런 삶을 살고 싶다."

PROLOGUE

PARIS

ANNECY

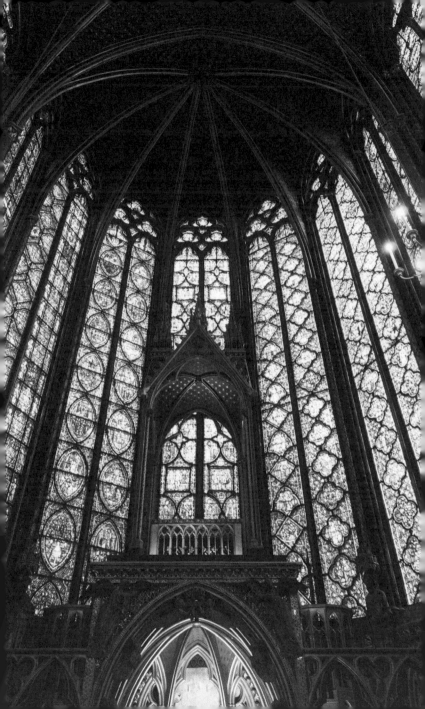

PROLOGUE

프랑스 여행을 다짐한 건, 몇 잔의 술 그리고 한 곡의 음악 때문이었다.

사회적 거리두기가 강화된 이후로 근처에 사는 동생 집에서 술을 마시곤 했다. 그날도 여느 때처럼 가성비 괜찮은 와인을 몇 병 사서 마시던 중이었다. 흥이 오르면 노래를 선곡해서 듣는 버릇이 있는데 그날도 어김없이 그랬다.

DJ를 자처한 내 선곡의 시작은 빌리 조엘Billy Joel의 'New York State of Mind'였다. 담배를 피우면서 피아노를 치고 노래를 부르는 그의 라이브를 듣고 있으니 더 취하는 것만 같았다. 잘 생각나지는 않지만, 스스로 세상을 떠난 가수 크리스 코넬Chris Cornell의 'When I'm down'도들었을 것이다. 술기운이 올라오면 항상 찾는 노래니까. 그러다 무슨 이유에서인지 셀린 디온Celine Dion이 떠올랐다. 정말 오랜만에 떠오른 가수였다. 거대한 콘서트홀에서 부르는 'My heart will go on'을 듣고 나니 온몸에 전율이 일었다. 시대를 초월하는 명곡, 세월을 거스르는 목소리였다. 과연 이런 디바가 또 나올 수 있을까. 그런데 그때, 내 머리를 스쳐 가는 한 사람이 있었다. 라라 파비안Lara Fabian. 한동안 잊고 살았던, 내가 가장 좋아했던 가수였다.

15년이 더 지난 일이지만, 생생하게 기억한다. 당시 부대에서는 MP3 플레이어 반입을 금지했지만, 어학 공부용 CD 플레이어는 허용했다. 계급이 줄 두 개에서 세 개로 올라간 나는, 얼마 되지 않는 월급으로 싸구려 CD 플레이어를 샀다. 어학 공부를 하기 위해서는 아니었다. 무료한 시간을 흘려보내는 데 조금이나마 도움이 될 음악을 감상하기 위해서였다.

목적이 뭐가 됐든 군대에서 잠깐 외박을 나온 나는, 앨범을 사기 위해 속초의 한 서점에 들렀다. 그리고 곧장 팝송 코너로 가서 검은 배경에 어느 여가수의 얼굴이 크게 실린 앨범 한 장을 집었다. 그녀가 어떤 가수인지, 어떤 노래를 하는지도 몰랐다. 하지만 나는 그녀의 앨범을 사서 부대로 돌아왔다. 왜 그랬는지는 아직도 모르겠다.

독서와 음악 듣는 거 외에 딱히 할 일이 없었던 시절이라, 음악을 듣는 장르의 폭이 넓어지긴 했다. 그래서 음악을 전공하는 친구에게 전화해서 앨범을 추천받아 키스 쟈렛Keith Jarrett의 〈My song〉 따위의, 그 당시의 나에겐 아주 난해했던 음악을 듣기도 했다. 지금 생각해보면 라라 파비안의 앨범을 산 건, 일종의 모험심이었던 것 같다. 국적도 모르고, 장르도 모르고, 배경도 모르지만, 그래서 한번 도전해보면 재미있지 않을까, 하는 모험심. 그 모험심에서 산 게 바로 그녀의 이름을 그대로 딴 앨범 〈Lara Fabian〉이었다.

부대로 복귀해서 그녀의 앨범을 CD 플레이어에 넣고, 자꾸 줄이 꼬여서 말썽이던 이어폰을 귀에 꽂고 재생 버튼을 눌렀다. 첫 번째 트랙부터 마지막 트랙까지, 앨범을 듣는 내내 피부를 뚫고 올라오는 소름이 멈추지 않았다. 그중에서도 〈Love by grace〉를 들었을 때는 후임들이 다 보는 앞에서 거의 눈물을 흘릴 뻔했다. 그녀의 가창력 은 다른 차원이었다. 인간의 신체에서 나오는 게 아니라 제3의 기관에서 터져 나오는 듯한 소리였다. 그녀의 앨 범을 듣기 전까지만 해도, 내게 최고의 디바는 셀린 디온 이었다. 하지만 그날 이후로 내겐 라라 파비안이 전 세계 최고의 디바였다. 매일 그녀의 CD를 들었고 매번 그녀의 목소리에 소름이 돋았다.

무려 15년 전의 일이었다. 내 머리에서 지워질 뻔한 기 억이었다. 그런데 술과 음악이 만든 취기가 내 기억 속 에서 잠들어있던 그녀를 소환한 것이다. 나는 검색 창에 'Lara Fabian'을 검색했다. 오래전에 촬영한 영상이라 화 질이 떨어지는 라이브 영상이 있었다. 노래 제목은 〈Love by grace〉. 15년 전, 내 눈물샘을 자극했던 노래였다. 오 래된 영상에서 그녀의 목소리가 4분 동안 흘러나왔다. 과 거의 추억과 감동이 소용돌이치듯 몰아쳤다. 그 감동을 이어 〈Adagio〉, 〈Caruso〉 등 몇 곡의 음악을 더 들으며 남은 와인을 비웠다. 그러다 문득 그녀가 지금도 활동하고 있는지 궁금해졌다. 확인하는 방법은 어렵지 않았다. 구글에 그녀의 이름을 검색했다.

'Lara Fabian Concert in Paris' 내 눈에 가장 먼저 들어온 검색 결과였다. 처음엔 와, 여전히 활동하는구나, 하는 생각이었다. 파리에서 콘서트라니. 나와는 닿기 어려운 현실성 없는 이야기였다. 그냥 그렇게 넘어가야 할 일이었다. 그런데 집으로 돌아가는 길에도, 집에 도착해서도 라라 파비안이 콘서트를 한다는 사실이 계속해서 머리에 맴돌았다. 그러다 왜 나는 갈 수 없는 걸까, 하는 의문이 생겼다. 그 의문은 나도 갈 수 있는 거 아닌가, 하는 희망으로 변해 내 심장을 두드렸다. 나는 이 생각을 혼자 담아두지 않고 짝꿍에게 전달했다. 내 군대 시절 이야기, 라라 파비안에 대한 이야기, 그리고 콘서트에 갈 수만 있다면 참 좋겠다는 다소 무모한 이야기까지. 그 이야기를 묵묵히 듣던 짝꿍은 이렇게 반응했다. "가자."

짝꿍의 짧고 경쾌한 반응에 에라, 모르겠다, 하는 마음으로 일단 티켓을 예매했다. 10월 3일, 오후 8시, 파리 올랭피아 홀. 속전속결이었다. 결제 내역을 확인하고 나서도 실감이 나지 않았다. 그도 그럴 것이 그때는 콘서트를 7개월이나 앞둔 3월이었기 때문이다.

다음 날 아침, 여전히 남아 있는 술기운에 약간 멍한 상태로 어제의 기억을 더듬었다. 내가 어제 파리에서 하는 라라 파비안의 콘서트를 예매했다는 사실이 떠올랐다. 체내에 있는 알코올이 다 빠져나가고 이성이 돌아오니 헛웃음이 나왔다. 정신을 차리고 환불 신청을 위해 예매 사이트에 들어갔다. 그런데 아무리 찾아봐도 예매 취소 버튼을 찾을 수가 없었다. 예매 취소가 불가능했기 때문이다. 결제한 돈을 돌려받기 위해서는 표를 원하는 다른 사람에게 양도해야만 하는, 다소 껄끄러운 시스템이었다. '어쩌면 이건 운명 아닐까….' 돌연 선택론자에서 운명론자로 탈바꿈한 나는, 기왕 이렇게 된 거 9월에 프랑스로 떠나자, 라고 다짐했다.

누가 들으면 혀를 끌끌 찰 이야기다. 누군가는 제정신이 아니라고 할 수도 있다. 하지만 프랑스 여행을 부추겼던 결정적 요인이 하나 있었다. '지금이 아니면 안 될 수도.' 라는 마음이었다.

재작년, 여행하는 삶을 살아 보고자 다짐한 것도 같은 이유였다. 지금이 아니면 안 될 수도, 라는 마음 때문이었다. 오래전부터 여행하는 삶을 살고 싶었지만, 항상 뒷전이었다. 해야 하는 일이 우선이었다. 삶을 버텨내는 게 먼저였다. 돈이 좀 모이면 떠나야지, 여유가 생기면 시작해야지, 다짐만 했다. 퍽퍽한 현실에 핑계만 늘어났다. 사실 알고 있었다. 이렇게 살다간 충분한 여행 자금이 마련된다고 해도, 여유가 늘어난다고 해도 떠나지 않으리란 걸. 그때가 되면 또 다른 핑계가 생겨날 거란 걸. 지금이 아니면 아마, 떠나지 못할 거란 걸.

라라 파비안의 콘서트도 마찬가지였다. 그녀가 언제 또 다시 프랑스에서 공연할지 모를 일이었다. 다시 공연한다고 해도 그때가 되면 내가 떠날 수 있을지 모를 일이었다. 지금이 아니면 안 되는 일이었다. 그래서 튀르키예 여행을 떠나기도 전부터 생각하고 있었다. 그녀의 파리 공연

기간에 맞춰 프랑스 여행을 떠나기로. 지금에 더는 핑계 대지 않기로.

그렇게 시작된 한 달간의 프랑스 여행이었다. 유럽에 대한 기대는 없었다. 프랑스에 대한 기대는 더더욱 없었다. 많은 사람이 찾는 곳이었고, 많은 사람이 이야기하는 곳이었다. 흔한 곳이라고 생각했다. 그래서 재미없는 곳이라고 생각했다. 어쭙잖은 내 선입견 위에 프랑스에 대해 떠들어대는 사람들의 주관적인 견해가 쌓여 이상한 편견이 만들어졌다. 하지만 모든 편견은 단 하루 만에 깨졌다. 깜깜한 밤하늘을 밝게 비추는 에펠탑을 본 순간부터.

Paris
운 좋은 결항

비행기 표가 폭등했다. 시애틀은 60만 원, 튀르키예는 35만 원에 다녀온 내게 100만 원이 넘는 파리행 비행기 표 가격은 비합리적으로 다가왔다. 그러던 중, 사우디아 항공이 32년 만에 한국에서 개항한다는 소식을 들었다. 운이 좋았다. 파리행 왕복 비행기 표를 80만 원에 구할 수 있었으니 말이다. 이번에도 역시 경유행 비행기였지 만, 충분히 감내할 수 있는 시간이었다. 이제는 긴 비행시 간에 내성이 생겨서 25시간 정도는 큰 문제가 아니었다.

출국 시각은 늦은 밤이었다. 이른 새벽에 헐레벌떡 집을 나섰던 지난 여행과 달리, 여유로운 마음으로 느지막이 집을 나섰다. 세 시간 전에 공항에 도착한 우리는 수화물 을 일찍 맡기고 공항을 산책할 생각이었다. 출국을 앞두고 공항을 돌아다니는 건, 내가 가장 좋아하는 일 중 하나였다. 그런데 우리의 여권을 받고 비행기 표를 조회하던 승무원이 이렇게 말했다. "파리행 비행기 맞으시죠?" 뭔가 불길했다. "죄송합니다만, 지금 파리행 비행기가 결항됐어요."

'결항'. 분명 결항이란 단어를 들었지만, 단어를 해석하는 기능에 장애가 생긴 사람처럼 어리둥절한 표정을 지었다. 정신을 차리고 승무원에게 물었다. "결항이요? 그럼 어떻게 되는 거죠?" 승무원은 대답했다. "일단은 현지 항공사와 연락하고 있습니다. 저쪽에 앉아서 잠시만 기다려주시겠어요?" 순간, 머릿속에 많은 생각들이 스쳐 지나갔다. 지금껏 여행하면서 수많은 돌발상황이 발생했지만, 결항은 처음이었다. '비행기가 결항됐다는 사실을 미리 이메일이나 문자로 통보하는 게 당연한 거 아닌가?', '출국을 앞두고 다짜고짜 결항이라고 하면 어쩌라는 거야.', '오늘 밤은 공항에서 노숙이라도 해야 하는 건가?' 머리가 복잡해졌다. 어쨌든, 예정된 시각에 출발하는 건, 불가능한 일이었다. 파리행을 제외한 다른 여행객들의 수속

절차가 모두 끝날 때까지, 우리는 벤치에 앉아 초조한 마음으로 승무원의 답을 기다렸다.

답을 기다리는 사람들이 점점 지쳐갈 때쯤 승무원이 다가와 우리에게 의견을 물었다. "내일 아침, 대한항공 직항 비행기가 9시에 있습니다. 파리 도착 시간은 기존 항공편보다 3시간 정도 늦어지는데 괜찮으실까요?" 승무원의 바로 옆에 있던 한 여행객이 대뜸 이렇게 말했다. "저는 좋아요." 뒤이어 다른 여행객들도 모두 좋다고 동의했다. 나도 물론 좋았다. 25시간이 걸리는 경유행 비행기를 직항으로 바꿔준다는데 싫어할 사람이 어디 있겠는가. 그런데 하나 걸리는 게 있었다. 내일 출국할 때까지 머물 장소였다. 이어서 승무원이 말했다. "숙소는 공항 터미널 근처 호텔로 예약 중입니다. 내일 오전에 셔틀버스를 타고 다시 터미널로 오셔서 출국하시면 됩니다. 호텔엔 조식도 포함돼있으니 다음 날 아침에 꼭 챙겨 드시길 바랍니다."

불행인 줄 알았는데 행운이었다. 운 좋은 결항이었다. 파리 도착 시간이 3시간 늦어지는 게 유일한 단점이었지만, 우리에겐 단점이라고 볼 수도 없었다.

문제 1.

25시간이나 걸리는 경유행 비행기를 타고

3시간 일찍 도착할 것인가,

12시간밖에 안 걸리는 직항 비행기를 타고

3시간 늦게 도착할 것인가.

더 합리적인 선택을 고르시오.

고민할 가치가 없는 문제였다. 어차피 파리에 도착하면 곧장 숙소로 가서 침대에 눕자마자 기절할 게 뻔한데, 3시간 일찍 도착해서 뭘 한단 말인가. 같은 가격에 직항으로 변경해준다는 제안을 마다할 이유가 없었다. 우린 속으로 쾌재를 부르며 항공사에서 준비한 셔틀버스를 타고 호텔로 향했다.

호텔에 도착한 짝꿍은 이렇게 말했다. "와, 이 비행기 엄청 좋은데? 침대도 있고, 화장실도 있고, TV도 있어." 결항으로 얻은 초특급 일등석이었다. 푹신한 침대에서 개운하게 자고 일어난 우리는, 든든하게 조식을 챙겨 먹고 다시 공항으로 향했다. 모든 수속을 마치고 공항의 여유로운 아침을 즐기며 생각했다. '어제 사우디아 항공을 탔으면, 지금쯤 사우디아라비아 어느 공항에서 녹초가 된 상태로 다음 비행기를 기다리고 있었을 텐데.'

시작이 좋았다. 비행기에 탑승한 나는, 대한항공에서 제공하는 삼각김밥과 컵라면을 먹으며 이번 여행을 상상했다. '이번 프랑스 여행은 어떻게 흘러갈까?' 아무것도 그려지지 않았다. 항상 그랬지만, 이번엔 더 그랬다. 유럽은 처음이었다. 유럽에 대한 환상도 없었고, 특히 프랑스는 내 관심 밖이었다. 프랑스 혁명으로 왕을 몰아내고 시민이 주인이 되는 나라를 만들었다는 것, 내가 즐겨 마시는 와인의 본고장이라는 것, 파리엔 에펠탑이 있고 루브르 박물관이 있다는 것, 물가가 비싸다는 것. 이 정도가 내가 아는 전부였다.

그에 반해 편견은 많았다. 프랑스 사람들은 개인주의 성향이 강하고 불친절하다는 것, 파리에는 소매치기가 많다는 것, 프랑스 사람들은 영어로 길을 물으면 무시하고 지나간다는 것. 그 외에도 많은 편견이 있었다. 이런 근거 없는 편견이 어쩌다 생겼는지는 잘 모르겠다. 모든 편견이 그렇듯 누군가의 주관적인 경험이 입에서 입으로 전달되는 과정에서 곡해가 생겼을 테고, 그렇게 일그러져버린 누군가의 경험이 내 귀에 들어왔을 것이다. 어쨌든, 프랑스에 대한 엉성한 지식과 잘못된 편견만으로는 이번 여행이 어떻게 전개될지 전혀 예상할 수 없었다.

뭐, 언제나 그랬듯, 즐거웠다가 힘들었다가, 희망 가득했다가 좌절했다가, 웃기도 하고 울기도 하는, 그런 여행이 될 거라는 사실 외엔 아무것도 예상할 수 없었다.

Paris
아무것도 모른다

숙소는 파리의 샤를 드골 공항에서 꽤 멀었다. 지하철을 타고 이동하려다가 택시를 타기로 했다. 택시비가 말도 안 되는 수준이었지만, 파리는 처음이었고, 해가 진 늦은 저녁이었고, 우리는 길치였다. 아직 익숙하지도 않은 대중교통보다는 택시를 타는 게 현명한 선택이라고 생각했다. 이 시간에 대중교통으로 숙소를 찾다간 길을 잃고, 어디인지도 모를 길 위에서 어쩔 수 없이 택시를 탈 게 뻔했다.

파리의 교통 체증은 극심했다. 퇴근 시간의 강남 같았다. 도로에 차가 한 대도 없었다면 30분 만에 도착할 거리였지만, 좀처럼 움직이지 않는 차들 때문에 숙소까지 한 시간이 넘게 걸렸다. 목적지로 가는 동안 노을이 졌고,

목적지에 도착하니 깜깜한 밤이 찾아왔다.

숙소는 오래된 아파트 단지에 있었다. 언뜻 보면 커다란 대학교 기숙사 같기도 했다. 길을 헤매던 우리는 지나가는 할머니의 도움을 받아 겨우 번지수를 찾았다. 벨을 눌렀지만, 답이 없었다. 혹시 주소를 착각한 건 아닐까, 다시 확인했다. 확실했다. 이곳이 맞았다. 나는 벨을 한 번 더 눌렀다. 그랬더니 초인종 너머로 어느 여인의 목소리가 들려왔다. 프랑스어라 무슨 말인지 이해할 수는 없었지만, 문을 열어주지 않는 걸로 봐서 번지수를 잘못 찾은 게 확실했다. 할머니는 왜 이곳으로 우릴 안내해주신 걸까…. 마침 집에서 나와 외출하려는 건너편의 아저씨를 붙잡아 길을 물었다. 그는 숙소 주소를 보더니, 정반대의 건물을 손가락으로 가리켰다. 아파트 단지 안에서도 길을 헤매다니. 다시 생각해도 택시를 탄 건, 정말 현명한 선택이었다.

숙소에 도착하니 호스트 할머니가 활짝 웃으며 우리를 맞이했다. 나도 그녀를 보고 활짝 웃으며 말했다. "봉수아Bonsoir."

낮에는 '봉쥬Bonjour', 저녁에는 '봉수아'. 내가 거의 유일하게 아는 프랑스어였다. 내 프랑스어 발음이 나쁘지 않았나 보다. 내가 프랑스어를 할 줄 안다고 생각하셨는지, 할머니가 프랑스어로 대화를 이어갔기 때문이다.

나는 프랑스어를 못한다며 손사래를 쳤다. "오호호호홍." 당황하는 나를 본 할머니가 웃으셨다. 중독성 강한 웃음소리였다. 할머니는 핸드폰을 꺼내 다시 프랑스어로 무어라 말씀하셨다. 그러자 핸드폰은 프랑스어를 영어로 번역하기 시작했다. 구글 번역기는 할머니의 통역사였다. 가끔 이해할 수 없는 문장이 튀어나오긴 했지만, 꽤 훌륭한 번역이었다. 핸드폰을 사이에 두고 서로 소개를 마친 후, 할머니의 숙소 투어가 시작됐다.

작은 주방, 딱 한 사람이 들어갈 만한 크기의 화장실, 큰 테이블이 있는 거실, 그리고 우리가 지낼 방. 썩 크지 않은 집이었지만, 할머니는 정성 들여 설명했다. 프랑스어로 문장을 말하고 번역이 완료될 때까지 기다린 후, 번역된 문장을 우리에게 보여주고, 내가 제대로 이해했는지 표정을 살폈다. 말하고 듣는 게 끝인, 때로는 일방적으로 말하고 끝나는 보통의 대화보다 훨씬 귀찮은 과정이었다. 하지만 할머니는 귀찮은 내색을 하지 않았다. 가끔 번역이 잘못돼서 내가 이해할 수 없는 표정을 지으면 "오호호호홍."하고 웃으며 다른 문장으로 의미를 전달했다. 이정도로 친절한 호스트는 여태껏 여행하면서 본 적이 없었다.

할머니의 친절한 배려 덕분인지 중간에 깨는 일 없이 푹 자고 일어날 수 있었다. 머리가 조금 멍하긴 했지만, 이 정도면 거의 완벽한 시차 적응이었다. 아침에 일어나서 커피를 한 잔 마신 우리는 서둘러 집을 나섰다. 파리에 도착하면 꼭 보고 싶은 게 있었기 때문이다. 물론, 에펠탑이었다.

프랑스 혁명 100주년을 기념하기 위해 지어진 에펠탑은 지어질 당시만 해도 건축을 반대하는 여론이 많았다고 한다. 소설가 모파상은 에펠탑을 혐오하는 마음에 그쪽으론 눈도 돌리지 않았다는 일화가 있다. 흉물스럽다는 게 그 이유였다. 하지만 그로부터 오랜 시간이 흐른 지금은, 여론이 완벽히 뒤바뀌었다.

프랑스 여행을 다녀온 사람들은 입을 모아 말한다. 에펠탑 없는 파리는 상상할 수 없다고. 파리, 아니, 프랑스의 꽃은 에펠탑이라고. 나도 이번 여행에서 가장 기대하는 게 에펠탑이었다. 에펠탑 말고는 별로 아는 게 없기 때문이기도 했지만.

에펠탑에 가기 위해서는 숙소 앞에서 지하철을 타고 한 번의 환승을 거쳐야 했다. 파리의 대중교통은 조금 낡고, 환승 제도가 조금 아쉬운 것 빼곤, 서울의 대중교통과 비교해도 손색이 없었다. 대중교통만으로도 파리 전 지역을 여행할 수 있는 수준이었다.

　환승을 한 번 더 하면 에펠탑 근처에서 내릴 수 있었지
만, 우린 샤를 드골 광장 역에 내려서 걸어가기로 했다.
어서 파리의 모습을 보고 싶었기 때문이다. 출구로 나오
니 저 멀리 에펠탑 꼭대기가 보였다. 그런데 나는 다른 곳
으로 시선을 돌릴 수밖에 없었다. 도로 중앙에 우두커니
서 있는 거대한 개선문 때문이었다.

　튀르키예에서 로마 시대 황제들의 개선문을 보긴 했지
만, 내 눈앞에 있는 개선문은 그것들과 차원이 달랐다. 인
간이 아니라 신의 전쟁 승리를 기리는 개선문이 아닐까
생각했다. 그 정도로 크고 웅장했다. 이 개선문에 걸맞은

사람은 과연 누굴까. 딱 한 명의 이름이 떠올랐다. 나폴레옹 보나파르트.

지도를 켜고 개선문의 정체를 확인했다. 1805년, 러시아와 오스트리아의 동맹군을 격파했던 아우스터리츠 전쟁 승리를 기념한 에투알 개선문Arc de Triomphe이었다. 그리고 그 전쟁의 주인공은 역시 나폴레옹이었다.

에펠탑이 파리의 아름다움을 대표한다면, 에투알 개선문은 프랑스의 굳건함을 과시하는 느낌이었다. 수많은 관광객이 압도적인 크기의 개선문을 배경으로 사진을 찍고 있었다. 개선문을 제대로 담기 위해 차가 쌩쌩 달리는 도로에서 사진을 찍는 사람도 있었다. 우리도 그들 틈에 껴서 사진을 찍었다.

예상치 않았던 관광 명소를 만난 우리는, 에펠탑에 대한 기대감을 한껏 안고 다시 걷기 시작했다. 건물 사이로 언뜻 보이는 에펠탑의 꼭대기를 따라 걷다 보니 큰 광장이 나왔다. 마르스 광장이었다. 광장에는 수많은 사람이 각자의 방식대로 여유로운 오후를 즐기고 있었다. 잔디에 앉아 와인을 마시는 사람도 있었고, 땀을 뻘뻘 흘리며 달리기를 하는 사람도 있었고, 벤치에 앉아 눈을 감고 따스한 햇살을 만끽하는 사람도 있었다.

우리는 벤치를 택했다. 걷느라 피곤해진 다리를 쭉 뻗고 고개를 들었다. 나무 사이로 에펠탑이 보였다. 꽤 높지만, 그렇다고 아주 높지 않은 철골 구조의 탑이었다. 300m 높이의 벌거벗은 듯한 철골 탑. 내가 받은 느낌은 그 이상도 이하도 아니었다.

내가 프랑스에 간다고 하니 친구가 말했다. "나도 도시보다는 자연을 좋아해서 파리에 대한 기대는 하나도 없었거든? 근데 에펠탑은 봐도 봐도 좋더라." 친구뿐만이 아니었다. 파리에 다녀온 사람들은 너나 할 것 없이 에펠탑의 아름다움을 찬양했다. 마치 향수병에 걸린 사람처럼 에펠탑을 그리워했다. 그런데 나는 달랐다. 실제 모습을 보고 아무런 감정이 느껴지지 않았다.

미의 상징인 에펠탑을 보고 아무런 느낌을 받지 못할 정도로 내 감정이 메마른 건가. 아니면 이젠 이 정도엔 꿈쩍하지 않을 정도로 감동의 역치가 높아진 건가. 나 혼자만 그런 건가 싶어 짝꿍에게 물었다. "실제로 보니까 어때?" 짝꿍이 답했다. "글쎄⋯." 짝꿍의 반응도 시큰둥했다. 다행이었다. 멋있긴 한데 사람들이 말하는 '그 정도'는 아니었다는 게 우리의 공통된 의견이었다.

그래도 날씨 하나는 기가 막혔다. 보통은 흐리고 비가 많이 온다던 파리의 하늘은 구름 한 점 없이 맑았다. 옆에선 선선한 바람이 불어오고 있었고, 머리 위에선 따뜻한 햇볕이 내리쬐고 있었다. 그냥 앉아있기 힘든 날씨였다. 나는 돼지고기를 얇게 저민 잠봉과 와인 한 병을 가방에서 꺼냈다. 에펠탑을 배경으로 와인을 마시면 좋겠다는 생각에 어제부터 계획한 일이었다. 실제로 본 에펠탑은 기대에 못 미쳤지만, 상관없었다. 굳이 에펠탑이 없어도 될 만큼 완벽한 날씨였다.

　마르스 광장을 돌아다니는 파리의 사람들을 구경하다
와인을 한 모금 마시고, 맑디맑은 하늘을 바라보다 와인
을 한 모금 마시고, 생각보다 그저 그래서 당황스러운 에
펠탑을 보고 와인을 한 모금 마셨다. 다양한 인종, 다양한
국적의 사람들이 마르스 공원을 오고 가는 동안, 우리는
벤치에 오래도록 앉아 햇살 좋은 파리의 여유로운 오후를
맘껏 즐겼다.

　마르스 공원에서의 오후를 즐기는 사이 선선했던 바람
이 쌀쌀해지기 시작했다. 해는 얼굴을 감출 준비를 하고
있었다. 그새 한 병의 와인을 다 비운 우리는 밤이 올 때

까지 파리의 길거리를 걷다가 다시 이곳을 찾기로 했다. 낮의 에펠탑은 기대에 못 미쳤지만, 밤의 에펠탑은 다를 거라는 기대 때문이었다.

우리는 약간 취기가 오른 상태로 파리 시내를 돌아다녔다. 프랑스의 대표적인 마트, 까르푸에서 갖가지 안주를 샀다. 괜찮아 보이는 와인숍에 들어가 열정적으로 와인을 추천해주는 사장님으로부터 와인도 한 병 샀다. 거의 유일하게 무료 화장실을 제공하는 근처 백화점에서 볼 일까지 해결한 우리는 다시 에펠탑으로 향했다. 아침 일찍 나와서 온종일 걸었던 탓에 힘들긴 했지만, 이대로 돌아갈 순 없었다. 왜 에펠탑인지, 에펠탑이어야만 하는지, 깜깜한 밤하늘 아래서 다시 확인해야만 했다.

밤의 에펠탑으로 가는 길은 정말 복잡했다. 테이블이 다닥다닥 붙어 있는 카페엔 맥주를 마시고 담배를 피우며 이야기를 나누는 손님들로 가득했다. 그 앞에선 길거리 장사꾼들이 보따리를 펼치고 에펠탑 모형을 팔고 있었다. 좁은 길거리는 에펠탑으로 걸어가는 사람들로 인산인해를 이루고 있었다. 잠시만 한눈을 팔아도 사람들과 어깨를 부딪치기 일쑤였다. 하지만 에펠탑이 가까워지면 가까워질수록 나는 한눈을 팔 수밖에 없었다. 먹다 남은 생선 가시 같았던 황동색의 철골 에펠탑이 주광색 빛을 뿜어내며 아름답게 빛나고 있었기 때문이다.

수많은 인파를 뚫고 드디어 에펠탑 앞에 도착했을 때, 나는 그제야 고개를 끄덕였다. 에펠탑은 봐도 봐도 좋았다는 친구의 말이 그제야 이해가 됐다. 에펠탑을 그리워하는 사람들의 마음을 그제야 공감할 수 있었다. 낮보다 밤에 사람들이 몰리는 이유도 단번에 이해할 수 있었다. 에펠탑은 밤이 진짜였다.

우리는 에펠탑 바로 앞에 있는 벤치에 앉았다. 벤치 중간에 안주를 놓고 와인 잔에 와인을 채웠다. 서로의 잔을 부딪친 우리는, 에펠탑의 찬란한 조명 아래서 와인을 마시기 시작했다. 그때 어디선가 음악 소리가 들렸다. 에펠탑 바로 아래서 길거리 공연을 하는 어느 뮤지션의 목소리였다. 파리의 밤을 밝히는 에펠탑, 그 에펠탑 아래서 울려 퍼지는 음악 소리, 그 앞의 벤치에 앉아 와인을 마시는 우리. 모든 장면이 낭만적이었다.

낭만적인 분위기에 흠뻑 취해 몸을 흐느적거리고 있는데, 갑자기 사람들이 환호성을 지르기 시작했다. 고개를 들어 에펠탑을 보니 하얀 조명이 반짝거리고 있었다. 마치 거대한 크리스마스 트리 같았다. 하얀 조명은 정각이 될 때마다 반짝였다. 조명이 반짝일 때마다 사람들은 다시 환호했다. 나도 그들과 함께 소리를 지르며 함께 환호했다. 와인 때문인지, 에펠탑의 아름다움 때문인지, 에펠탑 앞에서 각자의 낭만을 즐기는 사람들 때문인지, 평소보다 취기가 더 일찍 올라왔다. 파리의 밤은 사람을 취하게 만드는 능력이 있었다.

도시보다는 자연을 선호하는 나는, 인파가 많은 곳보다는 한적한 곳을 선호하는 나는, 파리를 기대하지 않았다. 밤이 오기 전까지만 해도 파리는 내 기대에서 크게 벗어나지 않았다. 하지만 밤의 에펠탑을 본 순간, 내 섣부른 판단을 꾸짖었다. 파리는 잠시 숨을 고르는 휴게소 정도로 생각했다. 그래서 파리 일정을 짧게 잡았는데, 고개를 들어 에펠탑을 볼 때마다 내 섣부른 선택을 후회했다. 에펠탑은 그 정도로 아름다웠다.

지하철이 끊기기 전까지 느긋하게 에펠탑을 즐긴 우리는, 자정이 가까워진 시각에 숙소에 도착했다. 다음 날도, 그다음 날도 그랬다. 에펠탑을 하루라도 놓치는 게 아쉬워 밤마다 에펠탑을 찾았다. 볼 때마다 감동했고, 떠날 때마다 아쉬워했다.

직접 보기 전까지는 전혀 이해하지 못했다. 사람들이 왜 그렇게 에펠탑을 좋아하는지. 직접 느끼기 전까지는 전혀 몰랐다. 우리가 에펠탑을 얼마나 그리워하게 될지.

내가 파리를, 에펠탑을 이렇게나 좋아하게 될 줄은 정말 몰랐다. 역시 모든 건 경험해봐야 한다. 역시 모든 건 경험해봐야 안다.

Paris
편견

프랑스 출국을 한 달 앞두고, 이번엔 준비를 안 해도 너무 안 했다는 생각이 들어 몇 권의 책과 미디어를 뒤적거렸다. 그때부터였다. 프랑스에 대한 편견이 싹을 틔우기 시작한 게.

미디어, 특히 유튜브엔 프랑스에 대한 자극적인 주제의 영상이 눈에 자주 띄었다. 양질의 정보를 제공하는 좋은 콘텐츠도 많았지만, 조회수가 높은 영상이 자주 노출되는 유튜브의 특성상, 자극적인 영상들이 가장 많이 눈에 띄었다. 소매치기와 관련된 영상은 그중 가장 인기 있는 콘텐츠였다.

소매치기당하는 장면을 직접 찍은 영상, 파리에서의 소매치기 유형을 나열한 영상, 소매치기당하지 않는 방법에

관한 영상이 사람들의 관심을 끄는 모양이었다. 심지어 일부러 비운의 주인공이 되기 위해 애쓰는 영상도 있었다. 소매치기가 잦은 지역에 일부러 찾아가 자신의 물건을 내팽개쳐두고, 도둑맞기를 기다리는 영상이었다. 유독 그런 영상이 조회수가 높았고 노출이 잦았다. 알고리즘의 부정적인 영향이었다. 자의든 타의든 그런 콘텐츠에 자주 노출되다 보니, 나도 모르는 사이에 '파리는 소매치기의 도시'라는 편견이 생겨버렸다.

하지만 내가 경험한 파리는 달랐다. 소중한 물건을 도둑맞을까 봐 노심초사하면서 여행해야 할 정도는 결코 아니었다. 관광객들로 인산인해를 이루던 에펠탑에서도, 사진을 찍느라 정신없는 사람들로 가득했던 에투알 개선문에서도, 사람 가득한 기차역이나 지하철 내에서도 마찬가지였다. 물건을 내팽개치거나, 나 몰라라 한눈을 팔고 있지만 않는다면 도둑맞을 이유는 없어 보였다. 출국하기 전에 고가의 소매치기 방지용 가방을 살까 말까 고민했던 내가 바보처럼 느껴졌다.

프랑스 사람들은 대체로 불친절하다는 편견도 마찬가지

였다. 레스토랑에 갔는데 동양인이라고 해서 인종차별을 당했다거나, 프랑스어를 하지 못해서 영어로 길을 물었더니 인상을 쓰며 무시했다거나, 하는 이야기를 종종 들었다. 하지만 내가 느낀 프랑스 사람들은 불친절하지 않았다. 오히려 너무 친절해서 당황스러울 정도였다.

지하철 환승 게이트를 찾지 못하는 우리에게 다가와 귀를 덮고 있던 헤드폰을 훌렁 벗어던지며 친절하게 길을 알려주던 사람도 있었다. 자신은 영어를 못한다며 난감해하면서도 최대한 친절하게 길을 알려주는 경찰도 있었고, 길을 설명하는데 애먹는 경찰을 보고 저 멀리서 다가와 대신 길을 알려주던 아주머니도 있었다. 프랑스 사람들은 영어를 쓰면 싫어한다거나, 불친절하다는 이야기는 사실이 아니었다.

인종차별 문제도 그렇다. 내가 동양인이라서, 한국인이라서 차별을 받았다고 느낀 적은 한 번도 없었다. 오히려 내가 한국인이라는 사실이 자랑스러운 적은 있었다. 몇 년 전만 해도 외국에 나가면 한국이라는 나라를 설명하는 게 쉽지 않았다. 하지만 이제는 굳이 설명할 필요가 없었다. 내가 우리나라를 설명하지 않아도, 그들이 먼저 'BTS', '오징어 게임'과 같은 이야기를 꺼내며 아는 척했다.

정말 놀라웠던 건, 내가 입을 열기도 전에 내가 한국인이라는 걸 알아보는 사람도 꽤 있었다는 것이다. 어느 매장의 사장님은 나를 보더니 "한국에서 왔죠?"라고 물었다. 놀라운 마음에 "어떻게 아셨어요?"라고 물었더니 "이제는 그냥 알 수 있어요."라고 말했다. 나와 눈이 마주쳐 잠시 눈인사를 나눴던 한 청년은 "안녕하세요."라며 한국어로 인사를 건네기도 했다. 놀라운 마음에 "한국어 배웠어요?"라고 물었더니 "딱 한 문장만 알아요. 드라마에서 봤어요."라고 말했다. 한국에서 왔다고 하면 보통은 호의를 보였다. 적어도 내가 경험한 바로는 그랬다.

프랑스를 여행하면서 프랑스는 위험이 도사리는 도시라는 생각, 프랑스 사람들은 불친절하다는 생각은 단 한 번도 해본 적이 없었다. 오히려 정반대였다. 그런데 나는 그동안 왜 그런 편견을 가지고 있었을까.

일반화 때문이었다. 프랑스 국적을 가진 한 개인에게 인종차별을 당했으니 모든 프랑스 사람이 그럴 거라는 생각, 프랑스의 유명한 관광지에서 소매치기당했으니 프랑스 전체가 위험할 거라는 생각, 내가 그랬으니 너도 그럴 거라는 생각이 편견을 만들어낸 거 아닐까.

프랑스가 무조건 안전하다는 말은 아니다. 프랑스 사람은 모두 친절하다거나, 한국인에게 우호적이라는 말도 아니다. 그건 또 다른 일반화일 것이다. 단지 내가 겪은 프랑스 사람들은 그 어느 여행지보다 따뜻하고 친절했다는 것, 내가 겪은 프랑스는 늦은 밤에도 걱정 없이 거리를 돌아다닐 수 있을 정도로 안전했다는 것이다. 남들이 경험한 프랑스와 내가 경험한 프랑스는 달랐다는 것이다.

내 어쭙잖은 편견을 시원하게 깨줬던 파리에서의 짧은 일정은 아쉬울 정도로 순식간에 지나갔다. 내 아쉬움을 아는지 모르는지 에펠탑은 언제나처럼 낭만적인 빛을 뿜어내고 있었다. 나는 그 앞에 앉아 "아…. 너무 아쉽다…. 왜 이렇게 일정을 짧게 잡았지?"라는 말을 계속해서 되풀이했다.

파리는 내가 사랑하는 것들로 가득한 곳이었다. 나를 소름 돋게 만들고 짝꿍의 눈물이 터지게 만든 생뙤슈타스 성당, 파리 증권거래소를 재건축해 만든 미술관, 화려한 스테인드글라스가 오감을 자극했던 생샤펠 성당, 에펠탑을 배경으로 찬란하게 흐르던 센 강, 봐도 봐도 좋았던 에펠탑, 그 아래서 자유롭게 음악을 즐기는 뮤지션, 파리의 낭만을 즐기는 사람들의 웃음소리까지. 여유가 있고, 아름다움이 있고, 낭만이 가득한 도시였다.

물론 모든 게 좋았던 건 아니다. 파리 길거리는 관광객들로 붐벼서 정신없는 곳이었다. 공공 화장실은 거의 없다시피 해서 일촉즉발의 상황을 몇 번이나 겪어야 했다. 비싼 물가 때문에 지갑에서 돈을 꺼내기 어려운 곳이었다. 하지만 좋은 게 불편한 걸 압도하는, 좋아하는 마음이 너무 커서 싫어하는 것마저 좋아지게 만드는 마법 같은 도시였다. 직접 경험하기 전엔 섣불리 판단하지 말라며 내 후두부를 가격해준 아름다운 도시였다.

다행히도 파리를 만날 기회가 두 번은 더 있었다. 라라 파비안의 공연을 보기 위해서, 그리고 귀국행 비행기를 타기 위해서 다시 파리에 들러야 했다. 우린 파리와의 빠른 이별을 아쉬워하며 다음 여행지로 이동했다.

이곳은 파리와 정반대의 분위기를 가진 마을이었다. 내가 아는 프랑스는 새 발의 피였다는 사실을 깨닫게 해준 마을이었다. 프랑스 사람들이 노년에 가장 살고 싶어 하는 마을로 손꼽힌 안시Annecy였다.

Annecy
가장 살고 싶은 마을

"다음에 파리에 오면 내 아들한테 곧바로 연락해요. 언제든지 환영이에요." 구글 번역기는 호스트 할머니의 프랑스어를 아주 훌륭하게 번역했다. "너무 잘 지내다가 가요. 할머니 덕분에 파리가 좋아졌어요." 나는 프랑스어로 번역된 구글 번역기를 할머니에게 보여줬다. 잘 번역됐는지 확인할 길은 없었지만, 할머니의 환한 미소를 보고 제대로 번역됐다는 사실을 확인할 수 있었다.

　무거운 캐리어를 끌고 1층으로 내려가 무심코 숙소를 올려다봤다. 할머니는 창을 활짝 열고 우리를 향해 손을 흔들고 있었다. 집으로 돌아갈 때면 아파트 복도 창에서 손을 흔들던 돌아가신 우리 할머니가 떠올라 가슴이 뭉클해졌다. "메흐씨Merci." 나는 고마운 마음을 표현할 수 있는 유일한 프랑스어를 끄집어내 할머니에게 건네며 손을 흔들었다. 여행지에서 좀처럼 느끼기 힘든 따뜻한 정이었다.

이번엔 기차로 이동할까 하다가 역시 차로 이동하기로 했다. 기차의 동선에 맞춰 여행 일정을 짜는 게 영 내키지 않았다. 더군다나 기차표 가격은 생각보다 싸지 않았다. 기차역으로 가기 위해 대중교통이나 택시를 이용해야만 했는데, 그 비용도 만만치 않았다. 차라리 렌터카를 빌리는 게 현명한 선택이라고 생각했다. 하지만 차의 운전대를 잡고 주차장 밖을 나서는 순간, 내 선택을 잠시 후회했다. 파리 시내 운전은 정말 극한의 난이도였기 때문이다.

차를 빌린 곳은 파리 도심 한가운데 있는 지하 주차장이었다. 주차장에서 나오자마자 좌회전해야 했는데, 끊임없이 밀고 들어오는 차들 때문에 신호를 세 번 정도는 넘겨야만 했다.

'빌어먹을. 다시는 여기서 차를 빌리지 않을 거야. 출구에서 나가는 데 한 시간이나 걸렸다고.' 어느 관광객이 렌터카 회사에 남긴 후기였다. 그 후기를 본 나는 '고작 출구 나가는 데 무슨 한 시간이 걸려. 과장이 심한 사람이네.'라고 생각했다. 하지만 차를 빌린 지 10분 만에 난 그 사람의 짜증에 공감할 수 있었다. 정말 그 어느 곳에서도 느낄 수 없는 살벌한 교통 체증이었다.

여기만 벗어나면 괜찮을 거야, 라고 희망했지만, 파리 시내의 교통 상황은 나아질 기미를 보이지 않았다. 문제는 교통 체증뿐만이 아니었다. 차선이 희미한 건지 아예 없는 건지 분간이 안 되는 불분명한 도로가 계속해서 나타났다. 깜빡이도 켜지 않고 들어오는 차들과 부딪치지 않게 수시로 주변을 살펴야 했다. 게다가 신호등은 왜 이렇게 많고, 도로를 달리는 자전거들은 왜 또 이렇게 많은 건지. 신호등과 자전거 때문에 브레이크를 수시로 밟아야만 했다. 말 그대로 총체적 난국이었다.

그 와중에도 경적 한 번 울리지 않는 파리의 운전자들이 신기했다. 고요 속의 혼돈이었다. 잔뜩 긴장한 나는, 제발 파리만 무사히 벗어나자는 생각으로 온 신경을 집중해서 운전했다.

하늘이 도운 건지, 무사고 운전 기록을 지킬 수 있었다. 혼돈의 도로에서 빠져나와 무사히 고속도로로 진입했다. 그때부터는 평화가 찾아왔다. 도로 옆엔 드넓은 초원이 펼쳐졌고, 하늘엔 뭉게구름이 걸려 있었다. 화이트 와인으로 유명한 '샤블리Chablis', 프랑스 와인의 정수를 보여주는 '부르고뉴Bourgogne'를 지났다. 도로 옆으로 포도나무가 가득한 와이너리가 보였다. 마음 같아서는 두 지역에 들러 하루는 화이트 와인, 하루는 레드 와인으로 흠뻑 취하고 싶었지만, 다음을 기약하며 안시를 향해 계속해서 달렸다.

안시와 가까워질수록 초원과 와이너리는 사라지고, 깊은 절벽과 웅장한 산이 나타났다. 지도를 보니 우리가 달리는 도로는 프랑스와 스위스의 경계에 걸려 있었다. 도로 옆엔, 저런 곳에 도대체 사람이 어떻게 살까 싶은 산골 마을이 옹기종기 모여 있었다. 시시각각 변하는 도로의 풍경에 시간 가는 줄 모르고 운전하다 보니 어느새 안시에 도착했다. 우리는 숙소에 도착하자마자 짐을 풀고 밖으로 나왔다. 쉬고 싶은 마음도 있었지만, 안시에 대한 호기심이 쉬고 싶은 마음을 앞섰다.

숙소에서 조금 걸어 나왔더니 푸른 잔디가 깔린 드넓은 광장이 보였다. 그 너머엔 거대한 호수가 있었고, 호수 너머로는 노을을 머금은 산이 마을을 감싸고 있었다. 광장에서 각자의 자유를 만끽하는 사람들을 지나 호수에 가까이 다가갔다. 자연스레 입을 벌리게 되는 풍경이었다. 마치 하늘을 머금은 듯한 푸르른 호수의 바닥이 너무나 선명하게 보였다. 호수의 바닥에 깔린 하얀 진흙 같은 모래가 보였고, 그 위를 지나다니는 물고기가 보였다. 조금 과장해서 표현하자면, 너무 투명해서 물고기가 싼 배설물까지 보일 정도였다.

안시 호수는 마치 거울 같았다. 안시의 모습을 그대로
담고 있었다. 산과 구름, 해 질 녘 안시의 노을이 그대로
담겨 있었다. 이 아름다운 풍경을 두고 가만히 구경만 하
고 있을 수 없었다. 우린 벤치에 앉아 와인을 꺼냈다. 그
리고 완전히 노을이 지고 밤이 찾아올 때까지 와인을 마
셨다. 안시에 도착한 지 몇 시간이 채 지나지 않았지만,
벌써 이 마을과 하나가 된 기분이었다.

안시의 여유를 만끽하고 있던 그때, 내 앞으로 한 사람
이 휙 하고 지나갔다. 꽤 추운 날씨였지만, 민소매와 반

바지 차림에 땀을 뻘뻘 흘리고 있었다. 러너였다. 그 뒤를 따라 다섯 명이 줄지어 뛰어왔다. 서로 이야기를 나누며 즐겁게 달리는 그들의 얼굴에서 행복을 느낄 수 있었다. 와인을 마시는 동안 러너들은 끊임없이 내 앞을 지나갔다. 러닝 조끼를 입고 오랜 시간 달리는 사람도 있었고, 강아지와 함께 달리는 사람도 있었다. 백발의 할아버지와 할머니도 뛰었다. 나는 농담 삼아 이렇게 말했다. "이 정도면 걷는 사람보다 뛰는 사람이 많겠는데?"

오랜 시간 운전하느라 몸이 많이 굳어 있었지만, 불쑥 뛰고 싶은 마음이 생겼다. 짝꿍에게 5분만 뛰고 오겠다고 말한 뒤, 그들의 뒤를 따라 뛰기 시작했다. 시선을 앞에 고정해야 하는데 그럴 수가 없었다. 노을에 반짝이는 호수를 보기 위해서 왼쪽으로 고개를 한 번 돌렸다. 나무가 가득한 푸르른 숲의 모습을 보기 위해 오른쪽으로 고개를 한 번 돌렸다. 좌우로 고개를 두리번거리며 뛰다가 코너를 돌았는데 커다란 해가 나타났다. 안시 호수를 주홍빛으로 잔뜩 물들이던 해였다.

마음 같아선 계속해서 뛰고 싶었지만, 짝꿍이 있는 쪽으로 방향을 틀었다. 짧은 달리기였지만, 가슴이 벅차올랐다. 나는 짝꿍의 손을 잡고 해가 있는 쪽으로 걸었다. 해는 여전히 안시 호수를 주홍빛으로 가득 물들이고 있었고 커다란 안시 호수는 그 빛을 가득 담고 있었다.

사실 안시는 관심 밖의 마을이었다. 안시는 꼭 한번 가보고 싶어, 라고 말하는 짝꿍을 따라 별생각 없이 온 곳이었다. 하지만 안시에 도착한 첫날 깨달았다. 아마, 이곳에 머무는 5일 동안 상상하지도 못했던 장면들을 만나게 될 거라는 걸. 나는 안시라는 이 작은 마을을 사랑하게 될 거라는 걸.

Annecy
좋겠다가 아니라 좋다

다음 날 아침, 눈을 뜨고 커피를 한 잔 마시고 런닝화를 신었다. 나가서 뛰지 않을 수 없었다. 이번엔 짝꿍과 함께였다. 지는 해를 봤던 지점을 지나 더 앞으로 나아갔다. 정박 중인 요트들이 호수 위에 둥둥 떠 있었고, 요트 사이로는 물고기 떼가 요리조리 지나다니고 있었다. 다시 봐도 믿기 어려운 맑은 호수였다.

꽤 많이 달렸지만, 멈추지 않고 조금 더 나아갔다. 이른 아침부터 달리는 사람이 참 많았다. 자전거를 타는 사람들도 달리는 사람만큼이나 많았다. 그들 사이에서 함께 달리고 있으니, 내가 마치 이 동네의 주민이 된 것만 같았다. 달리다 보면 자연스레 그곳의 자연과 사람과 분위기에 동화되기 마련이다. 그래서 바쁜 여행 일정 속에서도 시간을 내서 달린다. 낯선 곳에 자연스럽게 스며들기 위해서. 여행지를 좀 더 가깝게 느끼기 위해서.

달리기 코스의 반환점은 안시 호수 해수욕장이었다. 호수에도 '해수욕장'이라는 단어를 쓸 수 있다는 사실이 신기했다. 그런데 실제 모습을 보니 고개를 끄덕거릴 수밖에 없었다. 넓게 펼쳐진 자갈밭 앞엔 바다라고 해도 될 만큼 광활한 호수가 있었다. 게다가 호수엔 얕은 파도가 일었는데 그 모습이 꼭 바다 같았다. 나는 달리기를 멈추고 호수에 손을 담갔다. 생각보다 차지 않았다. 수온을 체크한 나는 짝꿍에게 말했다. "이 정도면 수영할 수 있겠는데?"

손으로 살짝 만져 본 안시 호수는 따뜻하게 느껴졌다. 하지만 실제 기온은 18℃였다. 분명 수영하기에 적합한 날씨는 아니었다. 하지만 아예 불가능한 날씨도 아니었다. 호수에서 수영할 생각에 들뜬 우리는 방향을 틀어 숙소를 향해 달렸다. 그리고 수영복을 챙겨 다시 해수욕장으로 향했다.

해수욕장엔 자갈밭에 앉아 호수를 바라보며 일광욕을

즐기는 사람들이 꽤 있었다. 하지만 호수 안에서 수영하는 사람은 백발의 할머니 단 한 사람이었다. 그녀는 쉬지도 않고 안시 호수를 가로지르며 수영하고 있었다. 이 넓은 호수를 혼자 누리고 있는 할머니의 모습에 나도 용기를 냈다.

입고 있던 티셔츠를 벗고, 수경을 끼고, 호수에 발을 담갔다. 약간 차가웠지만, 견딜 만했다. 무릎을 구부리고 상체를 숙이니 물이 몸에 닿았다. 생각보다 차가운 호수에 깜짝 놀란 나는, 수그리고 있던 상체를 일으켜 세웠다. '이거, 생각보다 너무 차갑잖아?' 그래도 이대로 나올 순 없었다. 나보다 나이가 훨씬 많은 할머니도 저기서 물장구를 치고 있지 않은가.

숨을 크게 한 번 들이마셨다. 그리고 이번엔 구분 동작 없이 몸 전체를 호수로 내던졌다. 물은 정말 차가웠다. 하지만 차가운 호수에 반응하는 몸의 고통은 잠시였다. 순간의 고통이 지나가자 황홀한 세상이 펼쳐졌다.

호수 안은 정말 맑았다. 호수를 관통한 햇살이 이글거리고 있었고, 바닥엔 진흙에 가까운 고운 하얀 모래가 깔려 있었다. 바다와 달랐다. 물은 짜지 않았고, 파도는 일지 않았다. 경치 좋은 드넓은 수영장이나 다름없었다. 나는 아무도 없는 안시 호수를 자유롭게 누볐다. 별 탈 없이 잘 놀고 있는 나를 본 짝꿍도 호수에 첨벙 뛰어들었다. "워 호우." 짝꿍은 알 수 없는 괴성을 질렀다. 차가운 물 온도에 놀란 마음 반, 맑은 호수의 아름다움에 놀란 마음 반이었을 것이다.

호수 안에 들어와 있는 건, 호수에 둥둥 떠서 낮잠을 자는 백조, 괴상한 소리를 내며 유유히 지나가는 오리, 그리고 우리뿐이었다. 시간 가는 줄 모르고 원 없이 수영했다. 호수를 감싸고 있는 알프스 산맥의 경치를 감상하며, 투명한 호수 안을 들여다보며 시간 가는 줄도 모르고 놀았다.

한 시간쯤 지났을까. 몸이 덜덜 떨리기 시작했다. 조금만 더 따뜻했으면 온종일 놀았을 텐데. 그래도 이만하면 충분했다. 밖으로 나와서 옷을 챙겨 입고 자갈밭에 앉아 안시 호수를 바라봤다. 내가 이런 호수 안에 있었다는 게 믿기지 않았다.

　수영하는 법을 몰랐던 과거에는 해수욕장에 가도 별 재미를 못 느꼈다. 모래사장에 앉아 모래를 덮고 잠을 자거나, 튜브 위에 올라가서 파도에 휩쓸릴까 봐 노심초사하는 게 전부였다. 바다 위를 둥둥 떠다니며 자유롭게 수영하는 사람들이 부러웠다. 그들을 보며 '아, 좋겠다.'라고 생각했다. 하지만 이제는 아니었다. 안시 호수에서 수영을 마친 나는 "아, 진짜 좋았다."라고 말하고 있었다. '좋겠다'가 아니라 '좋았다'였다. 타인이 즐거워하는 모습을 보면 '좋겠다'라는 부러움의 문장이 나오지만, 내가 즐거우면 '좋았다'라는 감탄의 문장이 나오는 법이다.

안시 호수를 바라보며 한참을 앉아있었다. 보고 있으면 서도 믿기지 않는 한 폭의 그림 같은 풍경이었다. 그곳에 앉아 다짐했다. 앞으로도 보는 것에서 그치지 않고 직접 경험하는 삶을 살아야지. '좋겠다'에서 끝나는 삶이 아니라 '좋았다'로 끝날 수 있는 삶을 살아야지.

안시 호수에서 자유를 만끽했던 오늘 하루,
정말 좋았다.

Annecy
아무것도 아닌 삶보다 나으니까

 짝꿍은 알프스 산맥의 하이킹 코스를 걷고 싶다고 했다. 알프스 산맥이 프랑스까지 이어진다는 상식조차 몰랐던 나는, 어딜 가야 할지 몰랐다. 그래서 구글 지도를 켰다. 지도를 스위스와 프랑스의 경계로 이동시킨 다음 '관광 명소' 버튼을 클릭했다. 다소 즉흥적이긴 하지만, 지금까지 거의 모든 여행지를 이런 식으로 찾았고, 덕분에 환상적인 여행을 할 수 있었다.

 두 개의 관광 명소가 눈에 띄었다. 라 종션La jonction과 르 쁘하히옹Le Prarion이었다. 둘 중 어딜 갈까 고민하다 동전을 던지기로 했다. 동전의 앞면이 나왔다. 우리가 갈 곳은 '라 종션'이었다. 그러다 급히 목적지를 바꾸기로 했다. 라 종션을 다녀온 사람들의 후기를 읽는데, 대강 준비해서 갈 수 있는 수준이 아니었기 때문이다. 등산화와 안전 장비는 필수라고 했고, 산을 잘 타지 않는 사람들은 다시 생각해보라는 후기도 있었다. 나는 등산엔 자신이 있었지만, 가지고 있는 신발이라곤 밑창이 헤진 런닝화가 전부였다. 하이킹 코스의 길이도 만만치 않았다. 차로 이동하는 거리를 생각한다면, 적어도 새벽에는 출발해야 겨우 완주할 수 있는 코스였다. 마음을 단단히 먹으면 완주할 수도 있겠지만, 굳이 계획에도 없던 일에 몸과 마음을 바쳐가며 도전하고 싶지는 않았다. 그래서 다시 '관광 명소' 탭을 클릭했다. 전문 산악인이 오를 법한 산봉우리들과 등산의 달인들이 오를 만한 하이킹 코스들이 보였다. 멋있긴 했지만, 우릴 위한 곳은 아니었다.

"아니, 끝이라고 생각했는데 또 올라가더라고요?", "이제 다 왔다고 생각했는데 한 번 내렸다가 다시 타고 또 올라가는 거예요.", "고산병이 걸려서 30분 만에 내려왔지 뭐예요." 어쩌다 발견한 'Mont-Blanc Natural Resort'에 있는 케이블카를 탄 사람들이 남긴 후기였다. 케이블카를 타고 '어딘가'를 다녀온 사람들의 흥분 가득한 후기는 강력한 자석처럼 내 마음을 끌어당겼다. 일단 가보기로 했다. 케이블카를 타면 알프스 산맥 어딘가에 내려준다는 사실 빼곤 아무것도 몰랐지만, 일단 출발하기로 했다.

케이블카를 타는 장소는 숙소에서 두 시간이나 떨어진 샤모니Chamonix라는 마을에 있었다. 아직 케이블카는 타지도 않았지만, 주차장 주변 풍경만으로도 압도적이었다. 높이를 가늠할 수 없는 커다란 설산이 햇빛을 받아 반짝이고 있었다. 살짝 열려 있는 문틈으로 차가운 공기가 들어왔다. 안시는 가을이었지만, 이곳은 겨울이었다. 단 두 시간 만에 계절이 바뀐 것이다. 차 문을 열고 나오자 찬 공기에 온몸이 굳는 느낌이었다. 가방에 있는 옷을 몽땅 꺼내 입었다. 케이블카를 타기 위해 줄을 서 있는 사람들을 보니 기본적으로 등산화에 두꺼운 패딩을 입고 있었다. 나처럼 아무 생각 없이 온 사람도 있었지만, 적어도 나보단 따뜻한 차림이었다. '미리 알았더라면 숙소에 있는 담요라도 가져왔을 텐데….' 통풍이 아주 잘 되는 런닝화 사이로 들어오는 시린 바람을 견디며 생각했다.

케이블카는 금방 도착했다. 그런데 단 한 대뿐이었다. 이 많은 사람을 다 태우기엔 부족해 보였다. 절반은 나중에 태우려는 건가 생각했지만, 아니었다. 안내원은 비좁은 케이블카에 사람들을 모두 밀어 넣었다. 신기하게도 케이블카는 스무 명이 넘는 사람들을 모두 소화했다. 직원이 문을 닫자 케이블카는 뒤뚱거리며 '어딘가'를 향해 올라가기 시작했다.

　케이블카의 속도는 꽤 빨랐다. 이 속도가 맞는 건가 싶을 정도로 빨리 올라갔다. 우리가 출발했던 지점이 점점 멀어졌다. 울창한 숲이 나타나더니 그 숲도 점점 멀어졌다. 케이블카가 한 번씩 덜컹거릴 때마다 겁에 질린 사람들은 각자의 언어로 비명을 질렀다. 후기에서 봤던 것처럼 케이블카는 끝을 모르고 올라갔다. "아니, 여기서 또 올라간다고?" 믿을 수가 없어 같은 말을 반복했다. 귀가 먹먹해져 코를 막고 침을 삼키는 횟수가 잦아질 때쯤, 지칠 줄 모르던 케이블카는 서서히 속도를 줄이더니 멈췄다. 문이 열리자 사람들은 썰물에 휩쓸려가는 자갈처럼 우르르 빠져나갔다. 나도 경이롭기도 하고, 다소 두렵기도 했던 케이블카를 벗어나 밖으로 나갔다. 그러자 말로 표현하기 힘든 자연이 내 눈앞에 나타났다. 정면에는 커다란 설산이 거대한 벽처럼 서 있었고, 좌우에는 황금빛 잔디가 깔린 초원이 펼쳐져 있었다.

감탄을 자아내는 풍경에 푹 빠지려는 순간, 케이블카 한 대가 저 위에서 빠른 속도로 내려왔다. 우리가 탈 두 번째 케이블카였다. 우리는 또다시 끝을 모르고 올라가는 케이블카에 탑승해 '어딘가'로 향했다. '이거 설마 세상에서 가장 높은 케이블카, 뭐, 그런 건 아니겠지?' 다른 건 몰라도 여태까지 내가 탄 케이블카의 이동 거리를 다 합한 거리보다 길다고 장담할 수 있었다.

케이블카는 높은 곳을 향해 오르고 또 올랐다. 막힌 귀를 뚫기 위해 몇 번의 침을 삼키고, 약간 울렁거리는 속을 달래기 위해 몇 번의 심호흡을 하는 사이, 케이블카는 서서히 멈췄다. 드디어 목적지, 그 '어딘가'에 도착한 것이다. 사람들을 따라 기다란 통로가 지나면서 생각했다. '이곳을 지나고 나면 뭔지는 몰라도 엄청난 게 기다리고 있겠구나.'

통로의 끝엔 역시나 말도 안 되는 풍경이 우릴 기다리고 있었다. 송곳처럼 날카롭게 솟아있는 봉우리에는 새하얀 눈이 덮여 있었다. 백색의 자연, 그 자체였다. 차가운 바람도 잊고 눈앞에 펼쳐진 자연을 감상했다.

나는 과연 얼마나 높은 고도에 서 있는 걸까. 각 봉우리를 설명하는 표지판에서 그 답을 확인할 수 있었다. 수많은 봉우리의 이름은 다 기억할 수 없지만, 모든 봉우리가 3,000m를 훌쩍 넘는 거대한 봉우리였다.

그나저나 대단한 추위였다. 경량 패딩과 얇은 바람막이로는 견뎌낼 수 있는 추위가 아니었다. 잠시 실내 카페에

서 몸을 녹인 우리는, 엘리베이터를 타고 한층 더 높은 전
망대로 향했다. 전망대의 높이는 무려 3,810m였다. 국내
에서 가장 높은 한라산의 높이가 1,950m인 걸 생각하니,
내가 발을 딛고 있는 이곳이 비현실적으로 다가왔다.

  혹시나 놓치는 곳이 있지는 않을까, 전망대를 구석구석
살폈다. 그러다 날카로운 봉우리들과 달리 민머리처럼 매
끈한 봉우리 하나를 발견했다. 그 어느 봉우리보다 높아
보였다. 도대체 저건 뭘까. 봉우리를 설명하는 표지판에
는 이렇게 적혀 있었다. "Mont Blanc. 4,810m"

  프랑스에서 몽블랑이라니. 프랑스에 오기 전까지만 해
도, 아니, 방금 몽블랑을 눈으로 직접 확인하기 전까지만
해도 내게 '프랑스'와 '몽블랑'은 전혀 관련 없는 단어의
나열일 뿐이었다. 파스타와 된장국, 김치와 마카롱 같은,
그런 느낌이었다. 그런데 이런 광경을 만나게 될 줄 내가
감히 상상이나 했겠는가.

  우연이든, 필연이든, 행운이든, 어쨌든 내가 보고 있는
건 몽블랑이었다. 기나긴 알프스 산맥의 최고봉, 그 몽블
랑 말이다. 그런데 전망대와 몽블랑까지의 거리가 제법

멀어서 그런지, 그 모습이 압도적으로 다가오지는 않았
다. 몽블랑을 오르기 위해 고생했던 산악인들에게는 매우
무례한 말이겠지만, 매끈한 몽블랑의 모습이 약간은 귀여
워 보이기까지 했다.

몽블랑을 중심으로 우린 전망대 곳곳을 살폈다. 이탈리아로 넘어가는 케이블카도 있었고, 몽블랑 전시관도 있었다. 기가 막힌 설경을 배경으로 사진을 찍을 수 있는 포토존도 있었다. 혹시나 놓치는 게 있을까 봐 곳곳을 열심히도 다녔다. 그런데 어느 순간부터 머리가 지끈거리기 시작했다. 처음엔 그저 컨디션 문제라고 생각했다. 여행 내내 마신 와인 혹은 어제 잠을 제대로 못 잔 탓이라고 생각했다. 그런데 그런 이유치고는 두통의 강도가 상당했다. 시간이 지나면 지날수록 두통의 강도는 점점 세졌다. 도대체 원인이 뭘까 생각하다 어제 봤던 누군가의 후기가 떠올랐다. "고산병이 걸려서 30분 만에 내려왔지 뭐예요." 내가 겪고 있는 건 단순한 두통이 아니었다. 고산병이었다.

나 뿐만이 아니었다. 나와 3,810m의 전망대를 누비고 다녔던 짝꿍도 마찬가지였다. 그녀의 표현에 의하면 말랑말랑해진 머리를 누군가가 주먹으로 쾅쾅 때리는 느낌 같다고 했다. 적절한 표현이었다. 어느새 내 입술은 보랏빛으로 변해 있었고, 속이 울렁거리기 시작했다. 전에 경험해보지 못한 높은 고도에서 두 시간 동안 돌아다녔으니 그럴 만도 했다. 이제는 그만 내려갈 시간이었다.

케이블카는 올라올 때보다 조금 더 빠른 속도로 내려갔다. 덜컹거리는 케이블카의 움직임에 맞춰 사람들은 웃거나 비명을 질렀다. 뭔가 언짢은 표정으로 케이블카에 머리를 기대고 있는 사람도 있었다. 나처럼 고산병에 시달리는 사람이었을 것이다. 울렁거리는 속과 두통은 여전했다. 지끈거리는 머리 때문에 어서 내려가고 싶은 생각뿐이었다. 내려가는 길이 야속하리만큼 길게 느껴졌다.

한참을 내려가던 케이블카는 환승을 위해 중간 지점에서 멈췄다. 다음 케이블카를 타기 전에 뒤를 돌아 주변 풍경을 쓱 둘러봤다. 올라갈 때 한 번 봤지만, 다시 봐도 입이 벌어질 만큼 감탄스러운 풍경이었다. 바로 내려가는 게 아쉬웠다. 이제 내려가면 두 번의 기회는 없었다. 여전히 머리가 욱신거렸지만, 나는 케이블카에 바로 타지 않기로 했다. 대신 밖으로 나가 알프스 산맥을 좀 더 느껴보기로 했다.

계단에서 내려와 이 멋진 풍경을 360°로 볼 수 있는 곳으로 걸었다. 왼쪽에는 거대한 설산이 있었고, 정면에는 나무가 빽빽하게 우거진 산이 내려다보였다. 그리고 오른쪽엔 패러글라이딩 선착장이 있었다. 사람들은 패러글라이딩을 타고 자연 속으로 날아가고 있었다. 우린 그곳에 앉아 자연 속으로 날아드는 사람들을 구경했다. 보는 것만으로도 황홀했다. 순수한 자연에 섞여, 자연 속으로 뛰어드는 사람들의 자유에 섞여, 우리가 그곳에 있었다.

전날 계획을 변경할 때까지만 해도, 케이블카를 탈 때까지만 해도, 전망대에 도착해서도, 이런 풍경을 보게 될 거라고는 예상하지 못했다. 4,810m의 몽블랑을 두 눈으로

직접 보게 될 거라고는 상상도 하지 못했다. 도착하기 전까지는 내 발걸음이 어디로 향하는지 전혀 모르고 있었다. 하지만 출발하고, 걷고, 나아가다 보니 이런 풍경을 만나게 됐다.

도착하기 전까지는 아무것도 모른다. 내가 가는 길의 끝에서 무엇이 기다리고 있을지 도착하기 전까지는 아무도 모른다. 그래서 출발하는 게 두렵기도 하다. 그렇다고 출발하지 않으면, 모든 건 불투명한 상태로 남는다. 좋은 것도 없고, 나쁜 것도 없다. 그저 안갯속을 계속해서 헤매는 수밖에 없다.

나는 앞으로도 계속해서 걸을 것이다. 출발하는 걸 주저하지 않을 것이다. 길의 끝에 무엇을 만나게 될지는 몰라도, 걷다 보면 분명 어딘가에 닿게 될 테니까. 아무것도 아닌 삶보다는 '무언가'를 만나고 '어딘가'에 닿는 게 훨씬 값진 삶이니까.

Annecy
달리기와 수영

달리기와 수영을 뺀 여행은 상상할 수가 없다. 아니, 둘을 뺀 삶을 상상할 수가 없다. 달리기와 수영, 그 둘을 만난 건 2년 전이었다.

달리기는 제대로 살기 위해서 시작했다. 당시의 나는 제대로 살지 못했다. 원인은 모르겠지만, 몸에 큰 문제가 있나 싶을 정도로 체력이 떨어졌다. 일상의 곳곳에서 문제를 느꼈다.

지하철역에서는 계단을 피해 에스컬레이터를 타는 게 기본이었고, 가끔은 너무 피곤해서 엘리베이터를 타기도 했다. 지하철 안에서는 잠깐 서 있는 시간이 고통스러워 자리가 나기만을 기다리며 하이에나처럼 서성거렸다.

10분을 걷는 게 힘들었고, 한 시간을 운전하는 게 힘들었다. 낮잠을 자지 않으면 하루를 버티는 게 힘들었고, 아침에 개운하게 일어나는 일이 거의 없었다. 하루는 지하철에 자리가 나자마자 털썩 앉아 쪽잠을 청하는 나를 보며 친구가 이렇게 말했다. "넌 애가 벌써 왜 그러냐." 나도 친구의 말을 듣고 생각했다. '그러게, 난 왜 벌써 이 모양이지.'

숨 쉬는 시체나 다름없었다. 특별한 조치가 필요했다. 그래서 시작한 게 달리기였다. 다른 운동도 많았지만, 아무런 장비 없이, 언제든지 마음만 먹으면 바로 할 수 있는 운동은 달리기가 거의 유일하다고 생각했다. 그래서 며칠을 뜸 들이다가 집에서 나뒹굴던 운동화를 신고 밖으로 나가서 뛰었다. 기분이 이상했다. 두 발을 번갈아 구르며 뛰는 행위를 한 게 정말 오랜만이었기 때문이다.

시작은 고작 2km였다. 보통의 성인이라면 무리 없이 뛸 수 있는 수준이지만, 나는 아니었다. 먹은 것도 없는데 속에 있는 걸 게워내고 싶을 정도로 힘들었다. '군대에서 하프 마라톤에 도전할 때만 해도 이렇지 않았는데….' 그게 벌써 10년도 더 된 일이라는 사실에 웃음이 나왔다. 먹고 마시는 건 10년 전과 같은데 몸을 움직이는 일은 현저하게 줄었으니, 체력이 이렇게 된 건 당연한 결과였다.

걷는 것도 버거운 몸으로 달리는 건 정말 힘들었다. 그런데 무슨 이유에서인지 나는 달리기를 멈추지 않았다. 내일도 뛰었고 모레도 뛰었다. 체력은 전혀 나아지지 않았지만, 그래도 뛰었다. 일주일이 지났지만, 여전히 커다란 변화는 없었다. 한 달이 지나자 달리는 행위가 익숙해졌다. 여전히 고통스러웠지만, 그만두고 싶을 정도는 아니었다. 한 달이 쌓여 두 달이 되고, 몇 달이 쌓여 일 년이 됐다. 하루는 아니었지만, 일 년은 큰 변화를 만들었다.

1km를 뛰면서도 숨을 헐떡이던 내가, 이제는 10km를 가볍게 뛴다. 가끔은 20~30km의 장거리를 뛰기도 하며, 지금은 마라톤 대회를 준비하고 있다. 살을 빼려고 시작한 건 아니지만, 저절로 체중이 줄었다. 오랜만에 보는 친구마다 살이 왜 이렇게 빠졌냐고 묻는다. 몸이 가벼워지니 하루가 가벼워졌고, 체력이 좋아지니 하루가 길어졌다. 10분을 걷는 게 힘들어 대중교통을 이용하던 내가,

요즘은 한 시간이 걸리는 거리도 걸어 다닌다. 이 정도면 달리기가 삶을 바꿨다고 해도 과장은 아닐 것이다.

수영은 어떤 목적을 가지고 시작한 건 아니다. 어느 날 갑자기, 짝꿍이 수영을 간다길래 아무 생각 없이 따라간 게 그 시작이었다. 둘 다 수영을 제대로 배워본 적은 없었다. 나는 한 달 동안 단체 강습을 받다가 그만둔 게 전부였고, 짝꿍은 단 한 번도 수영을 배워 본 적이 없었다. 그럼 보통 강습을 받는 게 맞지만, 우린 독학을 택할 수밖에 없었다. 코로나 때문에 수영 강습이 불가능한 상황이었기 때문이다. 그런데 오히려 기회였다. 강습이 없으니 수영장에 사람이 없었고, 사람이 없으니 눈치 보지 않고 연습할 수 있었다.

결코 그 과정이 쉽지는 않았다. 수영장 물을 잔뜩 마셔서 화장실을 들락날락하던 날도 있었다. 유튜브를 보고 아무리 따라 해도 호흡이 트이지 않아 물속에서 분을 삭이던 날도 있었다. 지치지 않고 수영하는 할머니들을 피해 유아용 풀에서 연습하던 날도 있었다.

그날은 갑자기 찾아왔다. 한 번도 멈추지 않고 25m 레인을 한 번에 가게 된 날. 갑자기 왜 호흡이 트였는지 이해할 수 없었다. 혹시나 하는 마음에 다시 한번 시도했지만, 결과는 또 성공이었다. 독학으로 수영을 시작한 지 42일째였다.

그 이후로 1년이 지났다. 25m를 겨우 가던 내가, 이제는 1km를 쉬지 않고 수영한다. 자유형만큼은 아니지만, 평영과 배영도 한다. 언젠가는 우릴 처음부터 지켜보던 할머니 한 분이 이렇게 물으셨다. "수영 어디서 배워 왔어?" 강습을 받은 적이 없다고 대답하자 다들 놀라셨다. 하긴, 나도 그 과정을 돌이켜 보면 놀라울 따름이다.

달리기와 수영. 이 둘은 아직도 내 삶을 단단히 지탱해 주고 있다. 하루를 보람차게 만들고, 삶을 건강하게 만들었다. 그리고 여행을 한층 더 의미 있게 만들었다.

몽블랑을 보고 온 다음 날, 숙소에서 일하는 짝꿍을 두고, 나 홀로 런닝화를 신고 밖을 나섰다. 그리고 안시 호수의 시원한 공기를 마시며 뛰기 시작했다. 숨이 헐떡거리지 않을 정도로, 코로만 호흡해도 편한 속도로 천천히 뛰었다. 반대쪽에서 달려오는 러너들과 눈인사를 나누며, 말문이 막히는 풍경이 주는 감동을 만끽하며 계속해서 달렸다. 5km는 순식간이었다. 맘 같아선 더 달리고 싶었지만, 오늘은 달리기 말고도 할 일이 많았다. 아쉬움을 남기고 방향을 틀어 숙소를 향해 다시 달렸다. 드넓게 펼쳐진 호수의 아름다움에 피로가 쌓일 틈이 없었다. 그러다 문득 이런 생각이 들었다. "와, 이 상태로 호수에 들어가서 수영하면 기분 정말 좋겠다."

달리기가 만든 관성 때문이었을까. 생각은 곧장 행동으로 이어졌다. 호수로 뛰어간 나는 땀에 흠뻑 젖은 티셔츠를 벗었다. 신발 끈을 풀고 양말도 벗었다. 지금 수영하지 않을 이유가 없었다. 이른 아침이라 물 온도는 차가웠지만 상관없었다. 물을 닦을 수건이 없어 양말과 신발이 좀 젖긴 하겠지만 큰 문제는 아니었다. 하고자 하는 의욕과 아름다운 자연 앞에선 모두 사소한 문제였다.

땀이 비 오듯 흘러내리는 몸을 안시 호수에 내던졌다. "아, 천국이다, 천국." 아무도 없는 호수 한가운데서 나도 모르게 혼잣말을 했다. 정말 천국이 따로 없었다. 호수는 정말 차가웠지만, 그래서 오히려 좋았다. 달아올랐던 근육이 순식간에 식는 기분이었다. 달리면서 쌓인 피로뿐만이 아니라, 이번 여행을 하면서 쌓인 피로가 모두 풀리는 기분이었다.

　모든 게 좋았다. 멋진 풍경을 보며 달리다가, 문득 수영하고 싶다는 생각을 그대로 실현할 수 있는 이 순간이 너무 좋았다. 생각으로 멈추지 않고 행동으로 옮긴 나 자신이 고마웠다. 내 인생 최고의 달리기였다. 내 인생 최고의 수영이었다. 내 인생 최고의 순간이었다.

　2년 전, 온전히 하루를 버텨내기 힘들었던 과거의 나였다면, 상상도 할 수 없는 일이었다. 내가 그때 달리기를 하지 않았더라면, 내가 그때 수영을 하지 않았더라면, 내

가 호수로 뛰어들지 않았더라면, 평생 추억하게 될 이날의 감동적인 순간을 놓치고 말았을 것이다. 역시 행동해야 한다. 역시 경험해야 한다. 행동하고 경험할 때, 최고의 순간은 만들어진다.

Annecy
와인숍 사장님의 선물

안시에 있는 동안 매일 와인을 마셨다. 한 병은 기본이
었고, 가끔은 한 병을 더 마시기도 했다. 마시지 않을 수
가 없었다. 안시는 '와인의 마을'이라고 해도 될 만큼 좋
은 와인이 많았기 때문이다.

프랑스를 다녀온 사람들은 의아하게 생각할 것이다. 레
드 와인으로 유명한 보르도나 브루고뉴도 아니고, 화이트
와인으로 유명한 샤블리도 아니고, 샴페인을 생산하는 샹
파뉴도 아니고, 안시…?

안시는 포도나무가 자랄 만한 환경이 아니라 와이너리
도 없다. 하지만 우리는 안시에서 마신 와인을 최고로 친
다. 안시를 와인의 마을이라고 기억한다. 안시에는 라 부
쇼네리La bouchonnerie라는 와인숍이 있었기 때문이다.

프랑스 여행을 하는 내내 와인을 입에 달고 다녔던 우리는, 지역을 이동할 때마다 그 지역의 괜찮은 와인숍을 찾아 헤맸다. 안시에서는 와인숍을 찾기가 어렵지 않았다. 작은 마을이라 와인숍이 많지 않았는데 운이 좋게도 숙소에서 고작 5분 거리에 와인숍이 있었기 때문이다.

와인숍의 문을 열고 들어가니 단발의 곱슬한 머리에 덥수룩한 수염을 가진 사장님이 바쁘게 일하고 있었다. 나는 밝은 얼굴로 "봉쥬흐"하고 인사를 건넸다. 내 인사를 받은 그는 "봉쥬흐"하고 인사를 받더니 다시 무언가에 열중했다.

15평 정도 되는 작은 와인숍에 와인이 지역별로 빼곡히 진열돼있었다. 아직은 라벨을 보고 괜찮은 와인을 판별할 정도의 수준이 아니라 쉽게 와인을 고를 수 없었다. 나는 분주해 보이는 사장님에게 조심히 다가가 말을 건넸다. "실례합니다." 사장님은 하던 일을 멈추고 기다렸다는 듯이 말했다. "도움이 필요하세요?" 다행히도 그는 영어에 능했다. 푸근한 미소를 지으며 도움의 손길을 건네는 그에게 와인을 하나 추천해줄 수 있냐 물었다. "어떤 와인

을 선호하세요?"평소에는 보르도 와인을 좋아하지만, 이
번에는 브루고뉴 와인이나 다른 지역의 피노누아 품종의
와인을 마셔보고 싶다고 말했다. "원하는 가격대가 있으
신가요?"나는 20유로 정도면 좋겠다고 말했다.

그는 잠깐 고민하더니 부르고뉴 지역의 괜찮은 와인은
보통 가격이 높다며 알자스 지역의 와인을 추천해주겠다
고 했다. "제가 직접 마셔봤는데, 5~60유로의 브루고뉴
와인보다 훨씬 더 괜찮아요." 그는 자신이 마셨던 경험을
토대로 와인의 뉘앙스, 와이너리에 대한 정보를 상세하
게 설명했다. 그리고 자신 있는 표정으로 이렇게 말했다.
"절 믿어도 좋아요."

그의 친절한 설명을 듣고 나니 사지 않을 수가 없었다.
게다가 내가 예상했던 가격보다 훨씬 저렴했다. 나는 주
저하지 않고 와인을 구매했다. 그리고 나가는 길에 그에
게 말했다. "안시에 5일 동안 머무는데 숙소가 근처에요.
내일도 올게요. 우리 와인 정말 좋아하거든요. 내일 봐
요." 사장님도 활짝 웃으면서 이렇게 말했다. "하하. 내일
봐요."

늦은 저녁, 창밖에 둬서 적당히 시원해진 와인을 열어 잔에 따랐다. 원을 그리며 잔을 돌리니 상큼한 체리 향과 은은한 꽃 향이 느껴졌다. 보통은 코르크를 열어서 한 시간 정도 숨을 쉬게 해준 다음 와인을 마시는데, 이번엔 도저히 참을 수 없어 곧바로 와인을 마셔버렸다. 체리, 붉은 자두, 복숭아 등의 상큼하면서도 단맛이 복합적으로 느껴졌다. 한 마디로 끝내주는 맛이었다.

"아니, 이 가격에 이런 맛이 나는 게 말이 돼?" 물론 이보다 맛있는 와인도 마셔봤지만, 이 정도로 가성비가 훌륭한 와인은 본 적이 없었다. 와인을 마실 때마다 감탄했다. 우리는 그날 이후로 하루도 빠지지 않고 매일 와인숍에 들렀다. 어느 날은 두 병을 샀는데, 하루에 두 병을 다 비워 버리고 다음 날 또 간 적도 있다. 사장님의 추천은 단 한 번의 실패도 없었다. 내 마음을 꿰뚫어 보기라도 하는 듯, 내가 원하는 와인을 한 치의 오차도 없이 정확하게 추천했다. 고마운 마음을 표현하기 위해 와인을 마시고 나면 인스타그램에 와인에 대한 짧은 감상을 남겼다. 하루는 내 글을 본 사장님으로부터 메시지가 왔다. "저도 그 와이너리 와인 지금 마시고 있어요. 건배."

　와인을 추천받고, 와인을 마시고, 다음날 좋은 와인을 추천해줘서 고맙다며 마음을 표현하고. 그러는 과정에서 짧은 사이에 작은 정이 쌓였다. 판매자와 구매자의 공급과 수요에 의한 관계라고 해도, 매일 보고 대화를 나누다 보면 정이 드는 게 당연한 일이었다.

　안시에서의 시간은 참 빨리도 흘러갔다. 라 부쇼네리에서 마신 와인 덕분에 시간이 더 빨리 흘러갔던 것 같다. 마지막 날, 안시 호수의 전경을 보기 위해 언덕을 오르느라 몸도 지치고 옷도 지저분했지만, 우린 또 와인숍에 들렀다.

　마지막 날은 평소와 달리 손님이 정말 많았다. 오늘도 역시 추천을 받고 싶었지만, 그는 다른 손님을 상대하느라 정신이 없어 보였다. 아쉽지만, 오늘은 우리가 골라야겠다며 와인을 훑어보고 있었는데, 어느새 사장님이 다가와 이렇게 말했다. "어제 마신 와인은 괜찮았어요?" 나는 기쁜 마음에 이렇게 말했다. "너무 맛있었죠. 내일이면 안시를 떠나서 니스로 가요. 오늘은 평소보다 조금 가격대가 있는 와인을 추천해주셔도 좋을 것 같아요. 마지막 날이니까요."

50유로를 넘겨도 된다는 내 이야기를 듣고 그는 한참 고민했다. 그러더니 사다리를 가져와 와인 코너의 구석 상단에서 와인을 하나 꺼냈다. 그리고 언제나 그랬듯 확신에 찬 표정으로 와인을 추천했다. 100% 까베르네 프랑 품종으로 만들어진 와인이었다. 이 품종으로만 만들어진 와인은 처음 본다고 말하자 그는 이렇게 말했다. "정말 좋아하게 될 거예요." 나는 그의 말을 믿을 수밖에 없었다.

계산하려는 나를 잠시 멈춰 세운 그는 카운터 아래에서 와인 잔 세 개를 꺼내 화이트 와인을 따랐다. 그리고 두 개의 잔을 우리에게 건넸다. 안시를 떠나는 우리에게 주는 선물이었다. 사장님과 잔을 부딪치고 와인을 음미했다. 사장님과 와인을 마시며 이런저런 대화를 나누고, 아쉬운 마음에 사진도 함께 찍었다. 와인을 다 마시고, 구매한 와인을 들고 돌아가려는데 사장님이 우릴 멈춰 세우더니 무언가를 건넸다. 와인숍의 이름이 적힌 와인 오프너

와 에코백이었다. "메흐씨 보꾸Merci beaucoup." 나는 연거
푸 고맙다는 말을 전했다. 그리고 이렇게 말했다. "아마
제 인생에 이런 와인숍은 찾기 힘들 거예요." 사장님은
환한 미소로 화답하며 손을 흔들었다.

 늦은 저녁, 우린 안시에서의 마지막이 될 와인을 들고
호수로 나섰다. 가로등 불빛이 은은하게 비추는 안시 호
수는 참 아름다웠다. 선물로 받은 오프너로 사장님의 마
지막 추천 와인을 열었다. 그리고 와인이 숨을 쉴 수 있도
록 기다렸다가 잔에 있는 와인을 한 모금 마셨다.
 "와, 진짜 내가 마셨던 와인 중에 손에 꼽는다. 아니, 이
가격이면 이건 진짜 최곤데?" 50유로 정도면 괜찮다고,
그것보다 더 비싼 와인도 괜찮다고 했지만, 사장님은 굳
이 비싼 와인을 추천하지 않았다. 40유로를 넘지 않는 와
인이었다. 이 가격에 이게 말이 되는 건가, 싶을 정도로
끝내주는 와인이었다. 갈 때마다 반겨주고, 갈 때마다 진
심으로 와인을 추천해주던 사장님의 마음이 담긴 와인이
라 더 그렇게 느꼈을지도 모른다.

    여행을 다니면서 사람을 만나다 보면 그런 생각이 든다. 사람끼리 관계 맺는 거 어딜 가나 다 똑같구나, 하는 생각. 국적을 떠나 좋은 말, 좋은 마음이 오고 가다 보면 정이 쌓이고 관계가 돈독해지는구나, 하는 생각.

    마음을 따뜻하게 만드는 와인을 비운 우리는, 정말 떠나고 싶지 않은 안시 호수에게 인사를 건넸다. 단 5일이었지만, '평생'이란 단어를 자꾸 생각하게 하는 아름다운 마을이었다.

이제는 안시와 또다른 매력을 가진 지중해 도시, 니스Nice로 떠날 시간이었다.

Southern France

작지만 완벽했던 숙소

남부 프랑스 하면 떠오르는 건, 아름다운 에메랄드빛 바다가 넘실거리는 모습이다. 수많은 관광객뿐만 아니라 프랑스 사람들도 추운 날씨를 피해 지중해가 있는 남부 프랑스로 휴가를 가곤 한다. 그중 가장 유명한 도시가 바로 니스다.

안시에서 니스까지는 차로 6시간이 걸렸다. 안시에서 멀어질수록, 지중해와 가까워질수록 기온은 올라갔다. 차가 최신형이라 계기판에서 기온을 실시간으로 알려줬다. 굳이 이게 필요한 기능인가 싶었지만, 시간이 지날 때마다 기온이 바뀌는 걸 지켜보고 있으니 그 재미가 쏠쏠했다. 안시에서 출발할 때만 해도 계기판은 15℃를 가리켰는데, 목적지에 거의 다 도착했을 땐 26℃를 가리키고 있

었다. 10월이면 날씨가 추워서 니스에 가도 바다는 들어
갈 수 없을 거라던 누군가의 말이 사실이 아니라 기뻤다.
이 정도 날씨면 신나게 수영할 수 있는 적당한 날씨였다.

숙소에 도착해 벨을 눌렀더니 "띠익"하는 짧은 버저음
이 울리면서 커다란 대문이 열렸다. 그리고 건장한 할아
버지와 머리는 백발이지만, 소녀의 인상을 한 고운 할머
니가 마중을 나왔다. 할머니는 오랜만에 만나는 손주들을
반기듯 우릴 반겼다. 할머니는 우리가 프랑스어를 못한다
는 사실을 눈치채셨지만, 계속해서 프랑스어로 대화를 이
어가셨다. 달리 방도가 없었다. 우리가 프랑스어를 못하

는 것만큼 할머니도 영어를 못하셨기 때문이다.

　짐을 숙소로 옮기고 나서도 할머니의 말씀은 계속해서 이어졌다. 집 안 구석구석, 거의 모든 걸 하나도 빠짐없이 설명하셨다. 장시간 운전을 하고 와서 빨리 쉬고 싶었지만, 자신이 정성스럽게 꾸민 집을 신이 나서 설명하는 할머니의 말을 경청할 수밖에 없었다. 그 모습을 먼발치에서 바라보시던 할아버지는, 나에게 설명해줄 게 있다면서 따라오라고 하셨다. 아마, 할머니의 설명이 길어질 거라는 걸 짐작하셨을 것이다.

　할아버지는 대문과 현관 전등을 어떻게 켜는지 알려주셨다. 할아버지 역시 영어가 능숙하진 않으셔서 이해하는 데 꽤 애를 먹었지만, 인내심을 가지고 차근차근 설명해 주셔서 숙소의 전등이 어떤 시스템으로 돌아가는지 이해할 수 있었다. 사실, 버튼을 올리면 자동 센서가 켜지고, 버튼을 내리면 자동 센서가 꺼진다는 아주 간단한 설명이었지만 말이다.

　숙소로 돌아가서 이제는 좀 쉬어야겠다고 생각했지만, 할머니는 여전히 무언가를 설명하고 계셨다. 옆에서 다 이해했다는 표정으로 할머니의 이야기에 귀를 기울이는 짝꿍이 대단했다.

기나긴 설명을 끝마친 할머니는, 언제든지 필요한 게 있으면 연락하라는 말씀을 남기고 우리의 숙소를 떠나셨다. "다 이해됐어?" 나는 궁금한 마음에 짝꿍에게 물었다. "할머니가 손짓, 발짓해가면서 꼼꼼히 설명해주시는데 이상하게 다 이해가 되더라니까?" 역시 언어는 수단일 뿐이었다.

숙소는 화장실과 거실이 전부였다. 거실 한쪽엔 주방이 있었고, 가운데에는 소파 겸 침대가 있었다. 아담하지만 없는 게 없는 숙소였다. 키친 타월도 디자인 별로 있었고, 향긋한 라벤더 향이 나는 쓰레기봉투도 있었다. 더워서 덮을 일이 없어 보였지만, 이불도 종류별로 있었다. 작지만, 매우 강력한 세탁기도 있었다. 작은 테라스도 있었다. 사람 세 명 정도가 누울 수 있는 크기였다. 테라스엔 작은 원형 테이블, 두 개의 철제 의자, 그리고 분명 할머니가 직접 놓았을, 모형 새가 담긴 새장이 있었다.

짝꿍이 여행 중에 이렇게 물었다. "이번 여행에서 어떤 숙소가 제일 좋았어?" 나는 잠시 고민하다가 니스 숙소가 가장 좋았다고 말했다. 이유는 작은 테라스의 존재 때문이었다. 아침에 일어나면 캡슐 커피를 한 잔 뽑아서 테라스로 나가 짹짹거리는 새 소리를 들었다. 그리고 할머니가 손수 심은 청귤 나무와 각종 식물의 향긋한 냄새를 맡으며 아침을 열었다. 테라스의 작은 테이블에서 따사로운 햇살을 맞으며 밀린 일을 하기도 했고, 멋진 노을을 보며 최근 흥미를 갖게 된 시가를 피우기도 했다. 작은 공간에서 이렇게 많은 일을 할 수 있다는 사실이 신기했다.

사람에게 필요한 건 넓은 공간이 아니라 독립적인 공간, 누구의 방해도 받지 않고 평화롭게 일상을 즐길 수 있는 '나만의 공간'이 아닐까 생각했다.

숙소는 완벽했다. 걸어서 15분이면 바다에 닿는 위치도 좋았고, 언제나 상냥한 미소로 우릴 반겨주는 친절한 호스트 할머니도 좋았고, 작지만 부족함을 느낄 수 없는 숙소도 좋았다. 그런데 숙소에 들어온 지 이틀 만에 문제를 하나 발견했다. 우리가 머무는 마을은 니스가 아니라 카뉴쉬르메르Cagnes-sur-Mer라는 사실이었다.

Southern France

지중해에 빠지다

 지역을 니스로 설정해놓고 근처의 숙소 중 괜찮아 보이
는 곳을 예약했다. 그 주소를 그대로 복사해서 내비게이
션에 붙여 넣었다. 그렇게 도착한 숙소였다. 한 치의 의심
도 없이 이곳이 니스라고 믿으며 이틀을 지냈다. 니스에
다녀온 친구가 길거리에서 정어리 튀김을 꼭 먹어 보라고
했는데, 아무리 찾아도 정어리 튀김을 파는 상인이 보이
지 않았을 때, 뭔가 이상하다고 생각했다. 와인을 사러 시
내에 나갔지만, 관광객은 거의 보이지 않고 현지인만 보
였을 때, 뭔가 잘못됐음을 직감했다. 지도를 켜고 숙소 위
치를 확대해보고 나서야 깨달았다. 우리가 머무는 곳은
니스가 아니라 옆 동네인 카뉴쉬르메르라는 사실을.
 어처구니없는 실수였다. 니스에 오면 제대로 휴양할 생

각이었다. 그동안 고생하며 돌아다닌 우리에게 주는 일주일간의 보상이라고 생각했다. 동네에서 맛있는 음식을 먹고, 근처에 관광명소가 있으면 몇 군데 방문하고, 그 외시간은 대부분 바다를 즐기려고 했다. 웬만하면 차를 타고 멀리 나가는 일은 만들지 않으려고 했다. 하지만 니스에 비하면 카뉴쉬르메르는 아주 작은 마을이었다. 바다에 나가는 것 말곤 딱히 할만한 일이 없었다. 바다에서 수영하거나 바다를 따라 달리는 게 전부였다. 그것도 좋은 일이었다. 하지만 같은 곳에서 그저 달리고 수영하는 일로 일주일을 보내려니 좀이 쑤셨다. 나는 그새를 못 참고 구글 지도를 뒤지기 시작했다.

관광명소는 대부분 니스에 몰려 있었다. 외관이 아름다운 러시아 동방 정교회도 있었고, 생트레파라트 대성당도 있었다. 마르크 샤갈의 박물관을 비롯한 다양한 미술관과 박물관도 많았다. 하지만 내 눈길을 끌었던 건, 'Le Sentier du Littoral 해안 트레일'이라는 이름의 하이킹 코스였다. 지중해를 따라 두 시간 정도 걸을 수 있는 매력적인 길이었다. 우린 몇 장의 사진을 보고 홀린 듯 슬리퍼와 수영 가방을 챙겨 하이킹 코스가 있는 안티베Antibes로 출발했다. 누가 봐도 하이킹 코스를 걷기에 적합한 복장은 아니었지만, 우리의 목적은 따로 있었다. 길을 걷다 만나는 지중해 바다에 뛰어들 생각이었다. 바다 경험은 해수욕장이 전부였던 우리에게, 야생의 지중해 바다는 약간은 두렵지만 한 번은 꼭 탐험해 보고 싶은 미지의 세계였기 때문이다.

안티베는 우리가 머물던, 아무리 발음해도 입에 붙지 않는 카뉴쉬르메르와는 달랐다. 좀 더 세련되고 단정한 느낌이었다. 관광객도 많았고, 관광객을 사로잡을 만한 카페와 레스토랑도 많았다. 우리는 시내에 잠깐 차를 세운 뒤, 와인숍에서 와인을 사고, 매혹적인 목소리로 길거리에서 노래하는 어느 소녀의 음악을 감상했다. 시간만 있었다면 안티베의 곳곳을 더 돌아다녔을 테지만, 갓길에 아무렇게나 주차해놓은 차 때문에 급히 서둘러야만 했다.
다시 하이킹 코스의 입구로 향한 우리는, 얼마 안 가 목적지에 도착했다. 그런데 우리 눈앞에 보이는 건 커다란 대문이 굳게 닫혀 있는 저택이었다. 지도를 살피며 근처를 빙빙 돌았지만, 미로 같은 길에 자꾸 길을 잃을 뿐이었다. 잠시 차를 멈추고 사람들의 후기를 살폈다. 지도에서 알려주는 주소가 아니라 'La Garuope' 해수욕장으로 가야 하이킹 코스의 입구가 나온다고 했다. 구글도 위치를 제대로 설명해주지 못하는 걸 보니, 웬만한 관광객들은 잘 찾지 않는 곳인 것 같았다.

해수욕장에 도착한 우리는 어렵지 않게 하이킹 코스의 입구를 찾을 수 있었다. 하지만 우리는 곧장 입구로 향하지 않고 해수욕장 앞을 서성였다. 얕은 수심이 길게 이어진 넓은 바다에 요트 한 대가 둥둥 떠 있었고, 그 앞에선 사람들이 튜브 위에서 일광욕을 즐기고 있었다. 그림 같은 풍경이었다. 나도 당장 바다에 뛰어들고 싶었지만, 조금만 참기로 했다. 하이킹 코스를 걷다 보면 이보다 더 아름다운 야생의 지중해 바다를 만날 텐데, 서두를 필요가 없다고 생각했다.

하이킹 코스는 정말 환상적이었다. 슬리퍼를 신고도 무

리 없이 걸을 수 있을 정도로 잘 조성된 길이 이어졌다. 길을 걸으며 보이는 풍경은 말이 필요 없었다. 길옆에는 푸른 지중해 바다가 넘실거리고 있었고, 길에는 파도가 오랜 시간 깎았을 기암괴석, 열매를 맺은 거대한 선인장, 바위틈에서 피어난 알 수 없는 식물과 꽃이 가득했다. 몇 걸음 걷다가 사진을 찍게 되고, 몇 걸음 걷다가 샛길로 빠지게 되는, 목적지를 향해 직선으로 갈 수 없도록 만들어진 길이었다.

그런 와중에도 바다는 유심히 살폈다. 수영할 만한 곳이 있는지 가늠하며 길을 걸었다. 내가 수영을 배운 이유는 오늘을 위해서라고 생각할 정도로 그 의지가 대단했다. 하지만 뛰어들 만한 지점을 찾기가 어려웠다. 오늘따라 이상하게 바람이 많이 불어 파도가 거셌기 때문이다. 이곳에 들어갔다간 뼈도 못 추리겠다는 생각이 들 정도로 파도가 센 구간도 있었다. 다행히 모든 구간이 그런 건 아니었다. 절벽이 자그마한 만을 만들어 파도의 영향을 받지 않는 곳도 있었다. 보통 그런 곳은 사람이 걸어 들어갈 수 있는 길이 없어 아쉬울 따름이었다.

눈부신 주변 풍경을 감상하느라, 수영할 만한 지점을 찾느라 정신없이 걷다 보니 어느새 하이킹 코스의 마지막 지점에 도착했다. 그곳엔 가만히 서 있는 게 힘들 정도로 거센 바람이 불고 있었다. 작은 배를 가볍게 전복시킬 수 있을 정도의 거센 파도가 몰아치고 있었다. 등에 메고 있는 수영 가방이 무색해지는 순간이었다. 파도만 좀 잔잔했더라면 용기를 내서 바다에 뛰어들었을 텐데, 하는 생각이 들었지만, 지금은 용기를 낼 타이밍이 아니었다. 상황을 바라보는 객관성을 잃고 지나치게 주관적으로 해석해서 도전한다면, 그건 용기가 아니라 객기일 뿐이다.

어쩔 수 없이 왔던 길로 되돌아갔다. 돌아오는 길에도 미련을 버리지 못한 내 눈은 바다를 향해 있었다. 오늘은 날이 아니라며 희망을 접은 짝꿍과 달리, 나는 여전히 희망을 놓지 않고 있었다. 나는 파도가 조금이라도 잠잠해 보이면 바다로 가서 확인하기를 반복했다. 그러다 비교적 잔잔해 보이는 곳을 발견했는데, 울퉁불퉁한 지면을 조심히 밟고 내려와 바다 앞에 다다른 나는 기쁨의 소리를 질렀다. 보물을 찾은 기분이었다. 수심이 어느 정도인지 헤아릴 수 없을 정도로 깊어 보였지만, 바닥에 무엇이 있는지 다 보일 정도로 투명했다. 이곳이었다. 이곳이 바로 우리의 놀이터였다.

　나는 입고 있던 티셔츠를 벗고, 수영 가방에 있던 수경을 꺼내 썼다. 바다에 들어가기 위해 두 손으로 돌부리를 잡고 두 발로는 발 디딜 곳을 찾았다. 운이 좋게도 발 디딜 곳이 충분했다. 마치 누군가가 바다로 들어갈 수 있도록 계단을 설치해놓은 것만 같았다. 모든 게 완벽했다. 이제 두 손을 놓고 그토록 원하던 바다에 풍덩 뛰어들기만 하면 됐다. 그런데 겁이 났다. 이런 야생의 바다는 처음이었기 때문이다. 맑디맑은 바다 안에 보이는 풍경이 낯설게 느껴졌다. 한없이 깊어 보이는 바다가 약간은 무섭기도 했다. 그래도 지금이 아니면 두 번 다시 만나기 힘들 기회였다. 지금은 객기가 아니라 용기를 낼 때였다.

바다를 향해 몸을 틀고 돌부리를 잡고 있던 두 손을 놓았다. 몸이 붕 뜨는 기분이었다. 애쓰지 않아도 몸이 가볍게 떴다. 중력의 절반은 지중해가 빼앗아 간듯했다. 긴장을 풀고 가만히 엎드린 상태로 물 안을 들여다봤다. 종을 알 수 없는 신비한 물고기가 바닷속에 가득했고, 커다란 바위와 각종 산호초가 깊은 곳에 뿌리를 내리고 있었다. 이런 바다는 처음이었다. 해방감을 느꼈다. 자유를 느꼈다. 울고 싶으면 울고, 웃고 싶으면 웃고, 배고프면 떼를 쓰는 아이가 된 것만 같았다. 원초적 자유였다.

흥분을 감추지 못하며 헤엄치는 내 모습을 지켜보던 짝꿍도 뒤이어 자유에 합류했다. 짝꿍은 물에 들어오자마자 외마디 비명을 질렀다. 알고 보니 흥분과 기쁨이 뒤섞인 환호였다. 우리는 지중해 바다 안에서 자유를 만끽했다. 우리는 가장 하고 싶은 걸, 가장 좋은 곳에서, 가장 좋을 때 하고 있었다. 다시 파도가 밀려와서 곧 나올 수밖에 없었지만, 내 인생에 가장 황홀한 순간이었다. 절대 잊지 못할 최고의 순간이었다.

수영을 마치고 다시 하이킹 코스를 걸어 돌아오는 길, 조금 전의 환상적이었던 순간을 떠올리며 생각했다. 앞으로도 가장 하고 싶은 걸, 가장 좋은 곳에서, 가장 좋은 순간에 하며 살아야겠다고. 그런 삶을 살 수 있도록 최선을 다해 살아가겠다고.

Southern France
라 보네트 고개

라 보네트 고개는 알프스 산맥에 있는, 해발 2,802m 높이의 산길이다. 프랑스에 그 정도 높이의 봉우리는 셀 수도 없이 많지만, 이곳엔 특별한 점이 있다. 차가 달릴 수 있는 도로가 해발 2,802m까지 이어져 있다는 것이다. 자전거 라이더와 바이커의 성지라고 알려졌으며, 로마와 맞서 싸우던 카르타고의 명장 한니발이 로마를 공격하기 위해 넘었던 고개로도 유명하다.

이 모든 건, 다녀온 후에 알게 된 사실이다. 유럽에서 가장 높은 도로, 라 보네트 고개를 찾은 이유는 정말 '어쩌다'였다. 이제는 '어쩌다 여행'이 식상할 법도 한데, 나는 여전히 이런 여행이 즐겁다. 어쩌다 발견하면 기대하지 않게 되고, 기대하지 않으면 의외의 감동을 얻게 된다. 반면, 철저히 계획하면 크게 기대하게 되고, 크게 기대하면 적잖이 실망하게 된다. 적어도 나는 그렇다. 그래서 계획 없는 여행을 선호한다.

이번에도 구글 지도의 추천을 따르기로 했다. '트레콜파 호수Lac de Trecolpas'와 '라 보네트 고개Col de la Bonette'라는 곳이 눈에 띄었다. 사진상으로는 둘 다 매력적인 곳이라 선택하는 데 애를 먹었다. 자연경관이 끝내준다는 게 둘 의 공통점이었고, 트레콜파 호수는 걸어 올라가야 한다는 것, 라 보네트 고개는 차로 가야 한다는 게 차이점이었다. 우린 고민 끝에 라 보네트 고개를 택했다. 한 번쯤은 몸을 쓰지 않고, 마음 편히 드라이브만 해도 괜찮지 않을까 하 는 생각 때문이었다.

가기 전, 라 보네트 고개에 대한 정보를 찾아보려고 했 지만, 쉽지 않았다. 검색 사이트에 '라 보네트 고개'를 검 색해봐도 마땅한 정보가 없었다. 관광객은 좀처럼 찾지 않는 곳인 듯했다. 그도 그럴 것이 자동차가 없으면 갈 수 없는 곳일뿐더러, 니스와 같은 주요 관광명소에서 멀리 떨어진 곳이었기 때문이다. 자전거나 바이크를 타는 사람에게는 천국 같은 곳일 테지만, 보통의 관광객에겐 어지간한 마음을 먹지 않고선 오기 힘든 곳이었다. 어쩌다 그냥 한번 가보자는 결정을 내린 우리는 예외였지만 말이다.

숙소에서 넉넉히 세 시간은 걸렸기 때문에 이른 아침부터 서둘렀다. 이른 아침이라 차가 많지 않아 운전하기가 수월했다. 눈을 감고도 운전할 수 있을 정도로 쾌적한 도로였다. 하지만 라 보네트 고개에 가까워질수록 길은 험난해졌다. 정신을 바짝 차려야만 했다. 그렇지 않으면 낮은 방지턱을 넘어 낭떠러지로 떨어지거나, 굴곡진 코너에 숨어 있는 맞은편 차량과 부딪쳐 박살이 나거나, 둘 중 하나였다. 정신을 똑바로 차리고 운전해야 했다. 잔뜩 긴장하면 승모근이 올라가고 목은 움츠러드는 버릇이 있어서, 어깨와 목이 뻐근해졌다.

코너를 돌고 오래전에 만든 듯한 터널을 지났다. 잠시 직진했다가 또다시 코너를 돌고 또다시 터널을 지났다. 운전자의 속도 메스껍게 만드는 험난한 도로였다. 하지만 주변의 풍경 덕분에 마냥 힘들지만은 않았다. 도로 옆에는 기나긴 강이 경쾌한 소리를 내며 흐르고 있었고, 차 문을 열 때마다 들어오는 청량한 공기는 잠을 깨웠다. 길을 가로막는 수백 마리의 양 떼도 만났다. 덕분에 길이 막혀 차 멈출 수밖에 없었지만, 양치기는 신경도 쓰지 않는 듯 천천히, 아주 천천히 양 떼를 몰았다. 도시에서 이런 일이 벌어졌다면 여기저기서 경적을 울렸을 텐데, 이곳에선 누구 하나 다그치는 사람이 없었다. 여행지에서는 마음이 느긋해지기 마련이다. 목적지로 가는 과정 모두 여행의 일부니까.

출발한 지 한 시간 반이 지났다. 이제부터가 본격적인 라 보네트 고개의 시작이었다. 고도는 점점 높아졌고, 도로 옆의 골짜기는 끝을 알 수 없을 정도로 깊어졌다. 이곳까지 올라오면서 봤던 풍경이 가볍게 느껴질 만큼 압도적인 풍경이 이어졌다. 하늘을 찌를 듯이 높은 봉우리들이 우리와 비슷한 높이에 있었다. 땅 위를 달리는 게 아니라 하늘을 달리는 것만 같았다. 어릴 적 공상 만화에서나 보던, 하늘을 달리는 자동차에 탄 기분이었다.

  프랑스군이 전쟁 때 쓰던 막사 단지를 지나, 한 치 앞도
보이지 않는 구름 가득한 도로를 지나, 핸들을 한 바퀴는
돌려야 하는 코너를 돌고 또 돌았다. 도로의 높이가 높아
질수록 기온은 떨어졌고, 도로 옆엔 오래전에 내린 듯한
눈이 녹지 않고 수북이 쌓여 있었다. 간혹 도로가 얼어있
는 구간이 있어 속도를 줄여야만 했다. 어깨를 좀 더 움
츠리고 승모근을 목으로 더 끌어당겼다. 긴장하지 않으면
자칫 비극이 될 수도 있는 도로였다. 어린이 보호구역을
지나는 것처럼 천천히 이동했다. 그러다 차를 멈췄다. 어
디선가 굴러떨어진 바위의 파편들이 도로 위에 널브러져

있었기 때문이다. 게다가 도로의 절반은 얼음으로 뒤덮여 있었다.

'여기가 길이 아닌가…' 확신이 없었다. 언젠가부터 내 앞뒤로 차량이 한 대도 보이지 않았다. 하지만 길은 하나 였고, 나는 하나밖에 없는 길을 쭉 따라왔다. 잘못된 길로 빠졌을 리가 없었다. 지도를 켜고 내가 있는 위치를 확인 했다. 당연히 데이터는 터지지 않았지만, 다행히 오프라 인으로 저장된 지도는 볼 수 있었다. 내가 있는 곳은 정상 어디쯤이었다. 이 도로를 한 바퀴 돌고 나면 내가 지나왔 던 도로와 이어졌다. 길은 하나였다. 설령 길이 아닐지라 도 도로 폭이 좁아 차를 뒤로 돌릴 수도 없었다. 후진으로 돌아가는 건 자살 행위나 다름없었다. 앞으로 가는 수밖 에 없었다. 나는 큰 바위 파편을 요리조리 피하며 앞으로 천천히 이동했다.

아슬아슬한 코너를 돌고 나니 다른 세상이 열렸다. 음침 한 분위기를 만들었던 안개가 사라지고, 절벽에 가려 있 던 해가 나타났다. 우리보다 앞서 온 차도 한 대 보였다. 길을 제대로 찾아왔다는 사실에 안도의 한숨을 쉬었다.

차에서 내려 주변을 둘러보니 커다란 비석이 하나 있었는데, 그곳엔 이런 문장이 새겨져 있었다. "LA BONETTE, Altitude 2,802m"

우리가 도착한 곳은 해발 2,802m, 유럽에서 가장 높은 도로의 꼭대기였다. 모든 게 내 발아래 있는 것만 같은 기분이었다. 아래를 보니 우리가 지나온 구불구불한 도로가 보였다. 마치 하늘에서 내려다보며 그린 정교한 그림 같았다. 도로뿐만이 아니라 이 고개를 둘러싼 모든 풍경이 그랬다. 차로 두 시간이나 걸려서 온 보람이 있었다. 여기까지 오는 과정도 멋있었지만, 도착해서 우리가 지나온 길을 내려다보는 건 더 멋있었다.

오늘을 기념하기 위해 카메라의 위치를 이동해가며 사진을 찍다가 작은 길을 발견했다. 길의 폭이 좁긴 했지만, 충분히 걸을 수 있을 만한 곳이었다. 표지판도 없고, 이곳을 오르는 사람도 없었다. 하지만 이곳을 올라가면 또 다른 풍경을 볼 수 있을 거라는 직감은 있었다. 항상 이 직감 때문에 애먹는 경우가 많았지만, 이번에는 묘한 확신이 있었다.

우리는 칼바람을 막기 위해 안시에서 산 우비를 입고 천천히 걸어 올라갔다. 20분 정도 걸었으려나. 짝꿍이 환호성을 지르며 뛰어갔다. 나도 짝꿍을 따라 달렸다. 그곳엔 라 보네트 고개의 풍경을 360°로 둘러볼 수 있는 전망대가 있었다. 입을 다물 수가 없었다. 이곳을 표현할 만한 적당한 문장을 찾지 못하고 있었는데, 짝꿍이 이렇게 말했다. "마치 달의 표면을 밟고 있는 것만 같아."

정말 그랬다. 주변에 있는 산봉우리는 마치 우주의 행성 같았고, 햇빛을 받아 반짝이는 눈은 마치 밤하늘의 별 같았다. 그리고 돌무더기가 널브러져 있는 이곳의 전망대는 마치 달의 표면 같았다. 우린 달의 표면을 밟는 우주 비행사처럼 여기저기를 뛰어다니며 라 보네트 고개의 정상을 마음껏 누볐다. 어쩌다 찾은 곳 치곤 말로 표현하기 어려울 정도로 아름다운 풍경이었다.

웃음이 나왔다. 남부 프랑스에 오면 지중해에서 일광욕을 즐기거나, 지중해 옆에 즐비하게 있는 레스토랑에서 맛있는 음식을 먹는 게 보통의 여행일 텐데. 굳이 두 시간이나 떨어진 이곳까지 와서 높은 산을 오르는 우리가 참 웃겼다.

그래도 굳이 이곳을 찾았기에 달의 표면을 밟을 수 있었다. 남들이 찾지 않는 곳을 굳이 찾았기에, 이곳이 맞나 싶은 도로에서 굳이 더 나아갔기에, 남들이 오르지 않는 길을 굳이 한 번 더 올랐기에 이렇게 잊지 못할 장면을 만날 수 있었다.

차를 타고 숙소로 돌아오는 길, 꿈 같았던 오늘을 돌아보며 생각했다. '인생은 남이 하지 않는 걸 굳이 한 번 시도해본 사람에게, 남들이 하지 말라는 것에 굳이 한 번 도전해보는 사람에게 예기치 않은 선물을 주는 거 아닐까.'

Southern France
남부 프랑스의 마지막

남부 프랑스에 갈 곳이 이토록 많다는 사실이 놀라웠다. 일주일 동안 부지런히도 돌아다녔다. 안티베의 하이킹 코스에 다시 들렀다. 바람이 불지 않는 지중해 바다는 고요했다. 우리는 속이 훤히 들여다보이는 투명한 바다에서 자유를 누렸다.

외딴 섬에도 갔다. 깐느Cannes 아래에 작은 섬이 하나 있었는데, 수도원이 있다길래 배를 타고 무작정 가봤다. 가는 길엔 파도가 거세게 몰아쳤지만, 섬은 태풍의 눈처럼 차분했다. 섬의 끝자락엔 세 개의 예배당이 있었고, 섬의 중앙엔 수도원이 있었다. 수도원을 구경하고 섬의 끝자락을 따라 예배당에 모두 들렀지만, 두 시간이 채 걸리지 않았다. 작은 소음도 크게 느껴지는 고요한 섬이었다.

　뒤늦게 남부 프랑스의 매력에 빠진 우리는, 이곳에서의 마지막을 어떻게 장식할지 한참을 고민했다. 반 고흐와 폴 세잔이 사랑했다는 도시 엑상 프로방스도 끌렸다. 숙소에서 세 시간이 걸리는 거리였지만, 문제없었다. 세계를 돌아다니며 운전한 덕에 이제 3시간 운전은 장거리로 느껴지지도 않았다. 안티베의 하이킹 코스도 끌렸다. 벌써 두 번이나 갔지만, 한 번 더 가도 질리지 않을 환상적인 곳이었다. 남부 프랑스의 마지막을 지중해에서 마무리하는 것도 나쁘지 않은 선택이었다. 마지막으로 트레콜파 호수가 있었다. 라 보네트 고개에 가기 전, 고민했던 곳이었다. 나름대로 난도가 있는 하이킹 코스였다. '누구나 갈 수 있는 곳이지만, 무시할 만한 곳은 아니다.' 먼저 다녀온 사람들의 공통된 의견이었다.

나는 고심 끝에 트레콜파 호수를 마지막 목적지로 정했다. 그곳에 가야만 하는 분명한 이유는 없었다. 그냥 가장 끌리는 곳이 이곳이었다. 그 이유면 충분했다. 우리는 무언가를 해야만 하는 논리적인 이유를 찾곤 하지만, 가끔은 '그냥 끌리니까'라는 이유만으로도 모든 게 설명되기도 한다.

트레콜파 호수로 가는 길은 라 보네트 고개로 가는 길과 비슷했다. 험난하지만 아름다운 길이었다. 창밖으로 펼쳐지는 아름다운 풍경을 보며 도로를 달리다가, 작은 호수가 보여 잠시 차를 세웠다. 호수 주변엔 낚시꾼들이 모여 있었는데, 그들은 낚싯줄을 공중에서 빙글빙글 돌리다 손에 쥐고 있던 낚싯줄을 풀어 호수의 깊숙한 곳에 던지기를 반복했다. 플라잉 낚시였다. 몇몇은 무릎이 잠길 정도의 깊이까지 들어가 더 깊은 곳으로 미끼를 날리기도 했다. 낚시꾼들이 낚싯줄을 던질 때마다 호수가 찰랑거리며

반짝였다. 핸드폰을 꺼내 대충 영상을 찍어도 영화의 한
장면이 될 만큼 아름다운 풍경이었다.

아름다운 장면을 보며 잠시 몸을 푼 나는, 다시 차를 몰
아 하이킹 코스의 입구에 도착했다. 한 무리의 꼬마 아이
들이 서로 장난을 치며 어딘가를 향해 걸어 올라가고 있
었다. 우리도 그들의 뒤를 따라 천천히 걷기 시작했다.

처음엔 습지가 이어졌다. 사방에서 계곡물 흐르는 소리
가 들렸다. 나무와 바위는 이끼로 뒤덮여 있었고, 각종 버
섯도 지천으로 널려 있었다. 손바닥 크기의 버섯도 있었
고, 만화에서나 보던 알록달록한 버섯도 있었다. 개구리

든 버섯이든, 보통 지나치게 화려하면 독이 들었다고 했다. 한눈에 봐도 독버섯이었다. 어느 불쌍한 동물인지는 모르겠지만, 한 입 크게 베어 문 자국이 있었다. 불쌍한 것, 얼마 가지 않아서 죽었겠구나, 농담하며 깔깔거렸다.

곰이 물을 마시고 있을 것만 같은 계곡도 있었고, 사슴이 금방이라도 튀어나올 것 같은 우거진 수풀도 있었다. 목에 달린 종을 달랑거리며 풀을 뜯는 소도 저 멀리서 보였다. 주변 풍경을 감상하는 것도, 짝꿍과 농담을 주거니 받거니 하며 걷는 것도 좋았다. 트레콜파 호수로 가는 길은 대체로 즐거웠다. 약 한 시간 정도는 그랬다.

시간이 지날수록 우린 말수가 적어졌다. 트레콜파 호수는 생각보다 높은 곳에 있는 듯했다. 결코 완만한 길이 아니었다. 추운 날씨였지만, 이마에 땀이 송골송골 맺혔다. 묵묵히 걷고 있지만, 나보다 체력이 약한 짝꿍이 신경 쓰이기 시작했다. 괜찮냐고 수시로 물을 때마다 괜찮다고는 했지만, 그게 진심인지 아닌지 헷갈렸다. 나도 숨이 차는 데 힘들지 않을 리가 없었기 때문이다.

만반의 준비를 하고 온 등산객들과 앞서거니 뒤서거니

하며 걷고 또 걸었다. 이제는 농담은커녕 말도 하지 않고 걷기에 열중했지만, 호수는 나타날 기미를 보이지 않았다. 혹시 내가 길을 잘못 든 건 아닐까, 불길한 예감이 스멀스멀 기어 올라왔다. 그때 저만치서 등산객 무리가 내려오고 있었다. 나는 불길한 예감이 틀리기를 바라며 그들에게 물었다. "여기서 트레콜파 호수까지 얼마나 걸리나요?" 그들은 저 위를 손가락으로 가리키며 말했다. "바로 저기만 넘으면 호수가 보일 거예요." 다행이었다. "트레콜파 호수? 너희 길 한참 잘못 들었어."라는 대답이 아니라 천만다행이었다.

그들의 말대로 트레콜파 호수는 얼마 지나지 않아 모습을 드러냈다. 여기까지 올라오느라 힘이 빠져서인지 그토록 기다리던 호수를 보고 나서도 큰 감흥을 느끼지 못했다. 무엇보다도 배가 고팠다. 일단은 뭐라도 먹어야 했다. 우린 가방에 챙겨온 샌드위치 재료를 펼치기 위해 적당한 장소를 찾았다. 호수 주변에서 풀을 뜯는 소들의 똥 냄새가 코를 찌르긴 했지만 상관없었다. 허기진 배에 샌드위치를 채워 넣는 게 우선이었다.

우리는 비교적 깨끗한 바위 위에 털썩 앉아 샌드위치 재료를 펼쳤다. "빵은 없어?" 가방을 다시 뒤졌지만, 빵은 없었다. 짝꿍이 말했다. "내가 빵을 안 챙겼나 봐." 짝꿍은 빵이 없어도 버터 헤드 상추로 샌드위치를 만들면 된다며 햄, 에멘탈 치즈, 크림 치즈, 오렌지 잼을 상추로 덮어 나에게 건넸다. "완전 키토 샌드위치네, 이거." 나는 건네받은 샌드위치를 한 입 크게 베어 물었다. 맛있었다. 빵이 없으니 오히려 더 맛있었다. 빵 없는 샌드위치를 맛있게 먹는 나를 보며 짝꿍이 말했다. "우린 좋은 곳을 여행하는 게 아니라, 우리가 간 곳에서 좋은 의미를 찾으려고 하는 거 같아. 그래서 어딜 가도 재밌는 거 같아."

나는 고개를 끄덕였다. 좋은 곳을 간다고 해서 좋은 여행이 되는 게 아니었다. 어느 곳을 가도 그 안에서 좋은 의미를 찾는다면, 그게 곧 좋은 여행이었다. 그런데 빵 없는 샌드위치는 정말 맛있었다. 그 맛이 궁금했는지 옆에서 풀을 뜯던 소가 코를 씩씩거리며 다가왔다. 손바닥을 펴고 소를 막아 세웠더니 다행히도 소가 물러났다. 풀을 뜯던 소도 탐낼 만큼 맛있는 샌드위치였다.

　샌드위치를 다 먹고 나서야 제정신을 찾은 나는 주변을 천천히 둘러봤다. 옆에서는 소똥이 묻어있을지도 모를 잔디 위에 할아버지가 누워 있었고, 그를 둘러싼 어린 손녀들이 재잘거리고 있었다. 꼬마 아이들의 목소리가 마치 경쾌한 음악처럼 들렸다. 트레콜파 호수 주변에는 한 무리의 가족이 있었는데, 한 남자가 갑자기 옷을 벗더니 호수 안으로 풍덩 뛰어들었다. 그러고선 환호성인지 비명인지 모를 괴성을 질렀다. 아마, 차가운 물의 온도를 견디지 못해 터져 나온 비명이었을 것이다. 가족들은 그 남자를 향해 손뼉을 치며 휘파람을 불었다. 그랬더니 건너편에 있는 다른 무리도 그에게 박수를 보냈다. 자연이 있었고, 자연과 동화된 사람들이 있었다. 눈시울이 붉어질 정도로 아름다운 모습이었다.

트레콜파 호수를 보고 내려오는 길, 지난 일주일간의 남부 프랑스 여행을 떠올렸다. 모든 게 영화 같은 순간이었다. 숙소의 작은 테라스에서 잠을 깨우던 순간도, 숙소 앞에 자라난 신선한 바질을 따서 아침마다 샌드위치를 만들어 먹던 순간도, 노을이 지는 저녁에 아무도 없는 바다에 들어가 수영했던 순간도, 안티베의 하이킹 코스를 지나가다 무작정 지중해 바다에 뛰어들었던 순간도, 달의 표면 같았던 라 보네트 고개의 정상에서 뛰놀던 순간도, 모두 영화 같았다.

우리는 좋은 곳을 여행하는 게 아니라 좋은 의미를 찾으려고 한다는 짝꿍의 말을 되새겼다. 다시 생각해도 맞는 말이었다. 우리가 영화 같은 순간에 들어왔다고만 생각했는데, 다시 생각해보니 영화 같은 순간을 만든 건 우리였다. 그냥 지나칠 수 있는 사소한 것에도 의미를 부여하며 그 순간을 추억으로 만든 건 다름 아닌 우리였다.

그래, 맞다. 별거 아닌 것 같은 순간들도, 그 순간에 어떤 의미를 담느냐에 따라 그 무엇과도 바꿀 수 없는 소중한 순간이 된다. 어디를 가서 무엇을 하느냐가 중요한 게 아니라, 누구와 함께 어떤 의미를 새기느냐가 중요한 일이다.

좋은 곳을 찾지 않더라도 내가 있는 이곳을 좋은 곳으로 만들 수 있는 삶을 살아야겠다고 생각했다. 대단한 순간을 만들어내는 게 아니라, 매 순간을 대단하게 여길 수 있는 삶을 살아야겠다고 다짐했다.

Paris
꿈은 허무는 것

아직 해도 뜨지 않은 시각에 일어나 테라스로 나갔다. '파리는 지금쯤 엄청 추울 텐데….' 아직 해가 뜨지 않은 시간에도 따뜻한 남부 프랑스를 떠나 파리에 가려니, 벌써 찬 바람이 느껴지는 것만 같았다. 간단히 스트레칭을 하며 몸을 푸는데 해가 뜨기 시작했다. 해는 하늘을 온통 주홍빛으로 물들였다. 해가 뜨는 장면과 지는 장면은 놀라울 만큼 닮아 있었다.

노을 같은 일출이었다. 저녁에 지는 노을은 순간이지만, 이른 아침의 노을은 길었다. 짐을 차에 다 실을 때까지 해는 자신의 색으로 세상을 물들이고 있었다. 언제 다시 만날 수 있을지 모를, 남부 프랑스의 마지막 아침이었다.

　파리까지 가는 길은 괜찮았다. 도로에 차도 없고, 속도 제한 구간도 많지 않아서 마음 편히 달릴 수 있었다. 그런데 파리에 진입하자 이야기가 달라졌다. 30분이면 충분히 갈 수 있는 거리였지만, 도착 예정 시간은 두 배로 늘어났다. '아, 이게 파리였지….' 한산했던 안시와 남부 프랑스가 눈에 아른거렸다. 동시에 차를 처음 빌렸던 첫날의 악몽이 떠올랐다. 도로를 빽빽하게 메운 차들 사이에 끼어 있으니, 우리가 다시 파리에 왔다는 사실이 실감 났다.

　아직 시내에 진입하지도 않았는데 이 정도의 교통 체증

이라면, 파리 시내는 말할 것도 없었다. 내일 차를 반납해야 할 렌터카 회사는 파리 시내의 한가운데 있었다. 벌써 내일이 걱정됐다. 남부 프랑스에서의 5시간 운전과 파리에서의 5분 운전 중 무엇을 택할 거냐는 질문에, 한 치의 망설임도 없이 남부 프랑스에서의 5시간 운전을 택했다. 내가 체감한 파리의 교통 체증은 그 정도였다. 그래도 큰 사고 없이 무사히 숙소에 도착했고, 아침 일찍 출발한 덕분에 차를 반납하는 과정은 생각보다 고통스럽지는 않았다. 무사히 차를 반납했다는 사실에 안도의 한숨을 내쉬었다. 그리고 더는 파리에서 운전할 일이 없다는 사실에 환호했다.

우리에게 주어진 파리에서의 시간은 단 하루였다. 내일은 기차를 타고 보르도로 떠나는 날이었기 때문이다. 카뉴쉬르메르의 숙소에서 보르도까지는 5시간이면 충분한 거리였는데, 굳이 수고스럽게 파리에 들러야 했던 중요한 이유가 있었다. 라라 파비안 콘서트. 이번 여행의 도화선이었던, 그녀의 콘서트가 열리는 날이었기 때문이다.

차를 반납한 시각은 오전 9시, 그녀의 콘서트 시각은 오후 8시였다. 우리는 11시간 동안 파리 곳곳을 누볐다. 여행 내내 먹고 싶었던 라면을 먹기 위해 라면 가게를 찾았다. 다른 여행지에서는 별로 생각나지도 않던 라면이 프랑스 여행 중에는 왜 그렇게 생각나던지. 혀를 얼얼하게 만들 정도로 짠 라면을, 땀을 뻘뻘 흘려가며 먹었다.

두둑해진 배를 안고 팔레 루아얄 가든Jardin du Palais-Royal 안에 있는 분수대에 앉아 파리의 점심 풍경을 구경했다. 누군가는 책을 읽기도 했고, 누군가는 귀에 이어폰을 꽂은 채 도시락을 먹기도 했고, 누군가는 담배 한 개비와 함께 여유를 즐기기도 했다. 나도 두 다리를 뻗고 분수대에 다리를 올린 채, 파리의 차분한 오후를 즐겼다.

퐁피두 센터Le Centre Pompidou에도 갔다. 퐁피두 센터는 거대한 공공 도서관과 국립 근대 미술관이 있는 복합 문화시설이다. 안에 들어가지 않고 건축물의 외관만 구경하는 사람들도 꽤 있었다. 파이프들로 정교하게 만들어진 건물의 외관과 1층에서부터 꼭대기까지 사선으로 이어지는 에스컬레이터는 하나의 예술 작품 같았다. 아직 시간이 많이 남았던 우리는 표를 구매해 안으로 들어갔다. 모두가 아는 피카소의 작품부터, 최근에 알게 된 건축가 르 꼬르뷔지에까지. 수많은 작가의 셀 수 없이 많은 작품이 전시돼있었다. 발이 욱신거릴 정도로 돌아다니며 작품을 감상했다. 아직은 미술 작품에 큰 흥미를 느끼지 못하는 나지만, 이곳에서의 시간은 빠르게 흘러갔다.

프랑스 카페의 커피 맛은 별로라는 편견을 깨준 카페에 들러 맛있는 커피도 마셨고, 파리까지 진출한 미국 햄버거 브랜드 'FIVE GUYS'에서 치즈버거도 먹었다. 미국에서 먹었을 때는 아쉬운 맛이었는데, 웬일인지 파리에서 먹은 햄버거는 눈이 휘둥그레질 정도로 맛있었다. 프랑스에서 느끼는 정통 미국 햄버거 맛이었다.

파리가 아쉬워 이곳저곳 쉴 새 없이 돌아다니다 보니 공연이 어느덧 한 시간 앞으로 다가왔다. 두근거리는 마음으로 공연장 앞에 도착했는데 줄이 길게 늘어서 있었다. 줄이 대체 어디까지 이어진 건지, 공연장 건물 코너를 돌아 한참을 더 가서 줄을 서야만 했다. 라라 파비안은 나만 아는 가수라고 생각했는데 이곳에서는 달랐다. 유럽에서는 국민 가수나 다름없다는 사실을 깜빡하고 있었다.

한참을 기다려 공연장으로 들어갔다. 공연장 내부는 내가 생각한 모습과 달랐다. 마치 우리나라의 90년대 영화관에 들어와 있는 것만 같은 느낌이었다. 환기 시설이 부족한지 사람들이 자리를 채울수록 공기가 답답해졌다. 좌석은 계단식이긴 한데 그 높이가 높지 않아 시야가 답답하게 느껴졌다. 우리의 자리는 맨 뒤에서 세 번째 자리였다. 조금 아쉬운 자리였지만, 괜찮았다. 나는 그녀의 얼굴을 보러 온 게 아니라 목소리를 들으러 왔기 때문이다.

공연 시간이 30분이나 지났지만, 공연은 시작하지 않았다. 그녀의 등장을 보채는 관중들이 마치 시위하듯 박수를 치기 시작했다. 분위기가 후끈해서인지, 환기가 안 돼서인지 머리에 열이 오르기 시작했다. 조명이 꺼지고 한 줄기 빛이 내려오면서 누군가가 등장했다. 고함에 가까운 팬들의 환호성이 터져 나왔다. 드디어 그녀의 등장, 이라고 생각했지만, 아니었다. 오프닝 게스트였다. 순간 싸늘해진 공연장 분위기에 내 이마에서 식은땀이 날 정도였다. 오프닝 게스트의 노래가 끝나고 10분이 지나서야 드디어 그녀가 등장했다. 팬들의 우레와 같은 함성과 함께 내가 그토록 기다렸던 그녀의 공연이 시작됐다.

공연은 90분 동안 이어졌다. 후덥지근한 공연장을 나온 나는 말을 아꼈다. 내가 그토록 기대했던 공연이었지만, 내가 기대했던 것과 다른 경험이었기 때문이다. 물론 그녀의 목소리는 환상적이었다. 그런 목소리를 낼 수 있는 가수는 유일무이했다. 하지만 그녀의 목소리에 집중하는 게 쉽지 않았다. 공연장의 음향 시설 때문인지, 자리 탓인지, 음원으로 듣는 것보다 나을 게 없었다. 음원은 볼륨이라도 조절할 수 있지, 공연장에서 듣는 그녀의 목소리는 아쉬울 정도로 답답하게 느껴졌다.

라라 파비안의 열성 팬들도 공연 관람을 방해하는 데 큰 역할을 했다. 누가 떼창을 한국 공연 문화라고 했던가. 노래를 따라부르는 관중들 때문에 그녀의 목소리에 집중하기가 힘들었다. 바로 옆에 앉았던 아저씨는 앞으로 나가 영상을 찍고 자리로 돌아오기를 반복했다. 관중들은 노래가 끝날 때마다 기립박수를 쳤는데, 나중에는 아예 일어나서 공연을 보기 시작했다. 웬만한 팬심이 아니고서야 계속 일어서서 공연을 관람하는 건 꽤 힘든 일이었다. 그녀의 팬이라기보다는 그녀의 목소리의 팬인 나로서는, 목소리에 집중할 수 없게 만드는 이 모든 환경이 아쉬울 따름이었다.

짝꿍은 중간에 물을 마시러 나갔다가 다시 들어왔는데, 공연장에서 방귀 냄새가 너무 심하게 나서 깜짝 놀랐다고 했다. 그래서였을까. 공연 내내 머리가 무거웠던 나는, 공연장 밖으로 나오자마자 시원한 공기를 힘껏 들이마셨다. 그리고 'LARA FABIAN'이라고 적힌 커다란 간판을 봤다. '아쉽다. 이런 공연을 기대한 건 아니었는데….'

숙소로 돌아가는 길, 삼촌의 말이 떠올랐다. 인생은 꿈을 허무는 과정이라는 말. 군대에서부터 꿈꾸던 그녀의 공연을 관람한 후, 내 꿈은 허물어졌다. 상상하던 것과는 달랐다. 공연을 보면 소름이 돋아서 눈물이 흐를 거라던 내 기대와는 달랐다. 하지만 후회는 없었다. 아쉬움은 있었지만, 미련은 없었다. 꿈을 허물었기 때문이다. 오랫동안 꿈꿔왔던 생각을 현실로 만들었기 때문이다.

인생은 꿈은 허무는 과정이라는 말이 자칫 비관적으로 들릴 수도 있다. 삼촌이 이 말을 뒤에 덧붙이지 않았더라면, 나는 이 문장을 두고두고 오해했을 것이다. 삼촌은 이렇게 말씀하셨다. "인생은 꿈을 허무는 과정이야. 그래서 다 해봐야 해. 다 허물어봐야 해. 그래야 이게 똥인지 된장인지 알아."

나는 오늘, 15년 동안 간직했던 꿈을 허물었다. 라라 파비안의 목소리를 실제로 듣는다는 꿈을 실현했다. 그 결과는 아쉬웠지만, 그와 상관없이 가슴은 벅차올랐다. 꿈은 결과와 상관없이 실현하는 것만으로도 가치 있는 일이다.

나는 앞으로도 수많은 꿈을 꾸고, 수많은 꿈을 허물고 싶다. 다 부질없다는 결론이 나올지언정 그것에 도달할 때까지 더 많이 도전하고 싶다. 더 많이 실패하고 싶다. 마냥 꿈만 꾸는 사람보다는 꿈과 부딪치는 사람이 되고 싶다.

Bordeaux
뜻밖의 목장 투어

보르도는 기차로 이동했다. 보르도에 도착해서도 렌터
카를 빌리지 않고 대중교통을 이용하기로 했다. 보르도
시내는 대중교통이 워낙 잘 돼 있어서 굳이 차가 필요하
지 않았기 때문이다. 파리엔 지하철이 있다면, 보르도에
는 트램이 있었다. 트램 하나면 보르도의 모든 곳을 다 갈
수 있었다. 나흘 동안, 보르도에서 특별한 일을 하지는 않
았다. 트램을 타고 시내를 돌아다니며 먹고 쉰 게 전부였
다.

낮에는 보르도의 시내에 있는 카페에서 매일 커피를 마
셨다. 프랑스는 우유가 맛있어서 그런지 라떼가 일품이었
다. 야외 테이블에 앉아 선선한 바람을 맞으며, 보르도를
오가는 사람들을 구경하며 여유로운 시간을 보냈다. 카페

근처에 있는 디저트 가게도 매일 들렀다. 바삭바삭한 겉면과 달리 부드러운 슈크림이 꽉 차 있는 디저트였다. 피스타치오 크림과 구운 피스타치오를 얹은 슈는 꿈에 나올 정도로 맛있었다.

보르도 대성당도 종종 들렀다. 파리에 노트르담 대성당이 있다면, 보르도엔 보르도 대성당이 있었다. 웅장한 대성당 안에서 가만히 앉아 명상도 하고, 성당 앞에서 열린 벼룩시장에서 한국에 가져갈 기념엽서도 골랐다. 성당 바로 옆에 있는 전망대에서 내려다보는 보르도 대성당과 보르도 시내의 전경은 정말 멋있었다.

밤에는 부르스 광장을 자주 찾았다. 광장엔 대략 1,000평 정도 되는 바닥에 얕은 물이 깔려 있었는데, 밤이 되면 보르도의 찬란한 야경이 물에 반사돼 아름다움을 뽐냈다. 사람들은 이곳을 물의 거울이라고 불렀다. 물의 거울 근처의 계단에는 보르도의 젊은이들이 아무렇게나 앉아 담배를 피우고 와인을 마시며 낭만적인 밤을 보냈다. 우리도 빠질 수 없었다. 매일 밤, 그들 사이에 껴서 와인을 마시며 보르도의 아름다운 밤을 맞이했다.

매일 비슷한 일상을 보냈다. 아침에 일어나면 호스트가
마련해준 간단한 조식을 먹고, 오늘은 어딜 갈까 고민하
다가, 어제와 비슷한 곳에 가서 비슷한 일을 했다. 커피
를 마시고, 디저트를 먹고, 길을 가다가 보이는 레스토랑
에서 굴을 먹고, 저녁엔 와인을 마셨다. 휴양지로 알려진
안시와 남부 프랑스에서도 제대로 느끼지 못한 여유였다.
휴양지에서는 돌아다니느라 쉬지도 못하고, 도시에 와서
휴식하는 우리의 여행에 웃음이 났다.

4일간의 휴양을 마친 우리는 메독Medoc으로 향했다. 메독은 와인을 좋아하는 사람이라면 한 번쯤 들어봤을 법한, 보르도 와인을 생산하는 와이너리의 중심지다. 숙소에 도착한 우리는 침대에 누워 어딜 갈까 생각했다. 숙소의 바로 뒤편엔 와이너리가 있었고, 5분 정도 걸어가면 또 다른 와이너리가 있었고, 10분 정도 차를 타고 나가도 또 다른 와이너리가 있었다. 예상은 했지만, 정말 와이너리가 전부인 동네였다. 시골도 이런 시골이 없었다.

이번에는 구글 지도도 마땅한 관광지를 찾아주지 못했다. 차를 타고 나가면 지롱드 강 근처에 공원이 하나 있긴 했는데 벤치만 달랑 몇 개 있는 작은 공원이었다. 그 근처엔 'La Ferma'라는 이름의 목장이 있었는데 관광 목적으로 갈 만한 장소는 아니었다. 후기를 보아하니 동네 주민들이 우유를 살 때 들르는 곳 같았다. 그래도 한 번 가보기로 했다. 운이 좋으면 소를 구경할 수도 있을 테고, 그게 안 되면 그냥 우유나 한 통 사 올 생각이었다.

목장엔 할머니와 아저씨 그리고 꼬마 아이가 있었다. 아마, 가족인듯했다. 문제는 언어가 전혀 통하지 않는다

는 것이었는데, 다행히도 우유를 사러 왔다는 의사 표현
은 만국 공통어인 바디랭귀지로 전달할 수 있었다. 우유
는 한 병에 고작 1.5유로였다. 이곳까지 와서 달랑 하나
만 사기는 좀 그래서 두 개를 달라고 했다. 할머니는 우유
를 담을 병이 있냐고 묻는 듯했고, 나는 당연히 없다고 했
다. 할머니는 괜찮다는 표정으로 위생 상태를 알기 힘든
빈 페트병 두 개를 가져오셨다. 그리고 페트병을 들어 우
리에게 보여주며 '괜찮아요. 여기에 담아줄게요.'라고 말
씀하시는 듯했다.

　얼룩덜룩한 페트병의 위생 상태가 의심되긴 했지만, 어
쩔 수 없었다. 할머니는 우유가 담긴 커다란 스테인리스
통의 꼭지를 열어 비커에 우유를 따른 뒤, 비커에 담긴 우
유를 조심히 페트병으로 옮겼다. 나는 우유를 따르는 할
머니를 유심히 관찰했다. 비록 소 젖에서 바로 우유를 짜
내는, 내가 상상하는 그림은 아니었지만, 낡은 비커에 담
긴 우유를 작은 페트병 주둥이 안으로 넣는 모습이 괜히
신기했다.

　다 따른 우유를 계산하려는데 입구에서 본 아저씨가 우
리 옆으로 다가와 말을 걸었다. 그는 내 카메라를 가리키
더니 목장 안으로 따라오라는 듯한 제스처를 취했다. '목
장 안의 사진을 찍어도 좋아요.'라고 말하는 듯했다. 나
는 고맙다고 말하며 그의 뒤를 따라갔다. 목장엔 50여 마
리의 소가 있었다. 몇 분 전까지만 해도 소가 거의 없었는
데, 방목을 마친 소가 다시 돌아온 것 같았다. 소의 종류
도 다양했다. 회색 털의 신기한 소도 있었고, 한국에서 흔
히 볼 수 있는 누런 소도 있었다. 그리고 덩치가 압도적으
로 큰 황소도 있었다. 어느새 우리 뒤를 따라온 꼬마 아이

는 '이 황소가 여기서 최고예요.'라는 듯 엄지를 들었다.

아저씨는 우리에게 많은 정보를 주고 싶었는지 설명을
멈추지 않았다. 나는 아저씨의 수고를 덜어드리고자 구
글 번역기를 켰다. 그리고 아저씨의 입 가까이에 핸드폰
을 갖다 댔다. "어디에서 왔어요?" 아저씨가 물었다. 나는
이렇게 말했다. "코리아." 아저씨는 알아듣지 못했다. "코
리." 그래도 아저씨는 알아듣지 못했다. "코뤼." 그제야
아저씨가 활짝 웃더니 이렇게 말했다. "아~ 코뤠!" 아저
씨는 내 핸드폰에 입을 가까이 대고 말했다. "당신이 여
기 온 첫 한국인입니다."

그럴 만도 했다. 메독 지역까지 오는 관광객도 흔치 않
을 텐데, 이곳까지 찾아오는 관광객은 거의 없었을 것이
다. 우리가 이곳을 찾은 건, 마치 한국에 놀러 온 외국인
이 강원도 횡성의 어느 목장에 찾아가는 것과 같은 일이
었다. 아저씨가 우리에게 호기심이 생길 만도 했다. 이렇
게 외진 곳까지 침투한 우리가 신기했을 것이다.

목장에 대한 설명을 마친 아저씨는 내 손에 뭔가를 쥐여

췄다. 소뿔이었다. 가지라고 준 건지, 그냥 보여주는 건지 몰라 그대로 손에 들고 있었는데, 아저씨는 소뿔을 다시 가져가지 않았다. 소뿔은 아저씨의 선물이었다. 보르도의 깊숙한 목장까지 찾아온 첫 한국인에게 주는 선물.

그는 보여줄 게 있다며 목장 밖으로 따라오라고 하더니 작은 화분을 가리켰다. 화분엔 작은 꽃이 있었는데 어디선가 본 듯한 모습이었다. 튀르키예에서 봤던 사프란 꽃이었다. 그는 목장에서 사프란 꽃도 재배 중이라며 앞으론 사프란 꽃도 판매할 거라고 했다. 그러더니 사프란 꽃술을 따서 나와 짝꿍에게 줬다. 아저씨가 건네준 꽃술을 먹는데 화사하면서도 깊은 맛이 입 전체를 감쌌다. 나는 깜짝 놀란 표정으로 엄지를 치켜들었다. 그는 내 반응을 보더니 싱글벙글 웃으며 이렇게 말했다. "Tu es un grand voyageur 당신은 훌륭한 여행자입니다." 번역기를 확인한 나는 웃으며 이렇게 말했다. "당신도 훌륭한 사람입니다 Tu es aussi une personne formidable." 번역된 문장을 본 아저씨와 꼬마 아이는 박장대소했다. 언어의 장벽을 허물어트린 번역기를 사이에 두고 웃음꽃이 피었다.

아저씨와 꼬마 아이에게 고맙다는 인사를 건네고 차로 돌아왔다. 우유는 아직 차가웠다. 얼룩덜룩한 페트병의 뚜껑을 열고 우유를 한 모금 마셨다. 맛이 끝내줬다. 신선함, 그 자체였다. 오늘의 목장 여행은 오래도록 잊을 수 없을 것 같다고 생각했다. 어쩌다 발견한 목장, 선뜻 목장 투어를 시켜준 아저씨, 번역기를 사이에 두고 나눴던 대화들, 그리고 그 안에서 피어났던 웃음까지. 프랑스에서 수많은 관광지를 다녔지만, 오늘의 목장 투어는 그중에서도 오래 기억에 남을 것 같다.

많은 사람이 가는 곳이라고 해서 좋은 여행지가 아니라, 단지 유명하다고 해서 훌륭한 여행지가 아니라, 내 발길이 닿고 내 추억이 진하게 서린 곳이 곧 최고의 여행지란 걸 깨달은 하루였다. 마땅한 관광지가 없는 메독 지역에서 최고의 여행을 한, 완벽한 하루였다.

Bordeaux
프랑스는 자연이었다

　메독 숙소의 호스트는 할머니라고 부르기는 죄송스럽고, 아주머니라고 부르기엔 애매한, 그런 할머니였다. 할머니는 군 복무를 30년 넘게 한 퇴역 군인이었다. 이탈리아와 프랑스의 중간 지점에 있는 코르시카Corsica 섬이 고향이라고 했다. 첫인상은 단호하고 엄격할 것 같았지만, 보면 볼수록 세심하고 배려심 깊은 사람이라는 게 느껴졌다.

　할머니는 매일 아침 조식을 제공했다. 직접 만든 수제 잼과 바게트, 크루아상, 몇 개의 버터, 직접 짠 오렌지 주스를 매일 아침 준비했다. 신선한 과일로 만들어진 수제 잼은 먹어도 먹어도 질리지 않았다. 환상적인 조식에 감탄한 우리는, 할머니가 제공하는 저녁 식사에도 도전해보기로 했다. 적지 않은 금액을 내야 했지만, 여행자가 현지 가정에서 제공하는 저녁을 먹을 기회는 흔치 않았다.

저녁을 기다리며 도쿄라는 이름의 강아지와 마당에서 놀았다. 도쿄라니. 의아한 이름이었다. "혹시 〈종이의 집〉 이라는 드라마에 나오는 주인공 이름을 따온 거예요?" 할머니는 호탕하게 웃으며 그렇다고 했다. "혹시 시간 되실 때 〈오징어 게임〉이라는 드라마도 봐 보세요. 보기 시작 하면 온종일 보게 될 거예요." 할머니는 흥미로워하며 그 러겠다고 약속했다.

도쿄는 천방지축이었다. 우리가 던져주는 장난감으로는 성이 차지 않는지, 흙이 잔뜩 묻은 상태로 의자에 올라와 의자 방석을 물고 늘어지기 시작했다. "안 돼."라고 말했 지만, 알아들을 리 없는 도쿄는 기어이 방석을 찢어발길 기세였다.

"Tokyo, Non 도쿄, 안 돼." 결국, 준비된 음식을 가져온 할 머니에게 범죄 현장을 들킨 도쿄는 어딘가로 질질 끌려갔 다.

시작은 에피타이저와 견과류, 그리고 와인이었다. 배가
고팠던 나는, 한입에 먹기 좋은 계란빵 비슷한 에피타이
저와 와인을 신나게 먹었다. 음식을 다 비우고 나니, 곧바
로 두 번째 에피타이저가 나왔다. 손바닥 크기의 모짜렐
라 치즈와 토마토가 듬뿍 담긴 야채 샐러드였다. 에피타
이저가 두 번이나 나와서 당황했지만, 맛있는 음식을 남
길 수 없었다. 약간 배가 부르기 시작했다. 샐러드를 다
먹고 나니 할머니는 기대하라는 듯한 표정을 지으며 메인
요리를 가져오셨다. 튼실한 닭 다리에 신기하게 생긴 버
섯이 곁들여진 닭요리였다. "트러플 버섯보다 훨씬 비싸

고 귀한 버섯이에요." 아마, 이곳이 아니었다면 평생 먹을 일이 없었을지도 모를, 모렐 버섯이었다. 고소한 향이 나는 소스를 듬뿍 발라 버섯을 한입에 넣었다. 마치 고기를 씹는듯한 쫀득쫀득한 식감이었다. 나는 감탄하며 할머니를 향해 엄지를 들었다. 그리고 닭 다리를 나이프로 썰어 입에 넣었다. 흠잡을 데 없는 완벽한 맛이었다. 버섯과 닭 다리는 물론이고 곁들여 나온 으깬 감자까지 모두 해치운 나는, 와인으로 입을 헹구고 일어날 생각이었다. 그런데 우리에게 다가오는 할머니의 두 손엔 접시가 들려 있었다. 수제 치즈였다. 싱글벙글 웃으시며 음식을 내어오는 할머니를 앞에 두고 배가 부르다며 음식을 거절할 순 없었다. 이미 배가 부를 대로 불렀지만, 치즈까지 무사히 소화한 나는, 주방에서 무언가를 하시는 할머니를 향해 고맙다고 인사를 건넸다. 내 인사를 받은 할머니는 검지를 들어 우릴 멈춰 세웠다. "아직 아니에요. 마지막 디저트가 남았어요." 마지막 디저트는 할머니가 직접 만든 브라우니였다. 평소였으면 맛있게 먹었을 테지만, 지금 상태로는 엄두가 나지 않았다.

이걸 어떻게 해야 하나. 짝꿍과 눈빛을 교환한 나는, 브
라우니를 천천히 먹기 시작했다. 오늘의 음식은 단지 영
양소 덩어리가 아니라 한 사람의 정성이었다. 음식은 거
절할 수 있어도 할머니의 정성은 도저히 거절할 수 없었
다. 브라우니까지 무사히 다 해치운 나는 짝꿍에게 말했
다. "와, 이 정도면 이틀 동안 아무것도 안 먹어도 되겠
다."

　힘겹고도 행복한 저녁 식사를 마친 우리는 할머니에게
고개 숙여 감사의 인사를 전하고 식탁을 빠져나왔다. 그
리고 비정상적으로 부풀어 오른 배를 부여잡고 동네를 걸

어 다녔다. 아무리 걸어 다녀도 당황한 배는 가라앉을 생
각이 없어 보였다. 다행히도 내일은 유럽 최대의 모래 언
덕, 듄드필라로 가는 날이었다. 이곳에서 혹사당한 배를
달래야겠다고 생각했다.

　듄드필라Dune du Pyla는 세계에서 두 번째로 큰 모래 언덕
이다. 대서양 바다를 앞두고 모래 언덕이 마치 산처럼 높
게 쌓여 있다. 이 진귀한 광경을 보고자 많은 사람이 이곳
을 찾는다. 나 또한 보르도에 간다면 듄드필라 만큼은 꼭
가고 싶었다. 대서양 바다를 앞둔 거대한 모래 언덕, 그
신비한 자연을 그냥 지나칠 수는 없었다.
　다음 날 아침, 어제 먹은 저녁 때문에 여전히 부대끼는
몸뚱이를 이끌고 듄드필라로 향했다. 가는 길은 평범했
다. 와이너리 몇 개를 지나고, 풍경이라고 할 게 없는 황
량한 도로를 달렸다. 마트에 들러 모래 언덕 위에서 먹을
간식을 사고, 계속해서 도로 위를 달리다 보니 거대한 주
차장이 나왔다. 다들 어디서 왔는지 주차장엔 차가 빼곡
했다. 듄드필라에 도착한 것이다.

명확한 주차선은 없었지만, 차들은 커다란 소나무를 기준으로 나름의 규칙을 가지고 가지런히 주차돼 있었다. 나도 적당히 소나무 사이에 차를 주차하고 입구로 향했다. 모래 언덕의 입구에 들어서니 모래가 점점 깊어지기 시작했다. 신발을 신고 온 사람들은 신발에 들어간 모래를 빼느라 애를 먹고 있었다. 운동화가 아니라 슬리퍼를 신고 오길 잘했다고 생각했다. 하지만 조금 더 올라가자 슬리퍼도 별 소용이 없었다. 발목까지 잠기는 깊은 모래 때문에 슬리퍼가 자꾸 벗겨졌기 때문이다. 내려오는 사람들이 손에 신발을 쥐고 맨발로 내려오는 이유가 다 있었다. 나도 맨발로 걷기 시작했다. 맨발을 감싸는 고운 모래가 기분 좋게 느껴졌다.

모래 언덕의 정상은 꽤 높았다. 모래를 걷는 게 생각보다 쉽지 않아 더 높게 느껴졌을지도 모른다. 힘겹게 오르는 사람들과 신나게 굴러 내려오는 사람들 사이에서 천천히 오르다 보니 어느새 정상이 보였다. 그곳엔 많은 사람이 있었고, 다들 어딘가를 바라보고 있었다. 조금 더 올라 모래 언덕의 정상에 도착해서야 그들이 보고 있는 게 무엇인지 알 수 있었다. 바다였다. 다들 어디가 끝인지 모를 광활한 대서양 바다를 바라보고 있었다.

높은 언덕에서 바라본 대서양 바다는 정말 압도적이었다. 세상의 모든 걸 담을 수 있을 것만 같은 광활함이었다. 우린 뜨거운 해를 피해 소나무 아래에 앉아 바다를 감상했다. 모래 언덕에 앉아 태닝을 하는 노부부를 감상했다. 모래 언덕의 정상에서부터 바다까지 질주하는 아이들을 감상했다. 해가 뜨거워서 몸이 타고 있는 줄도 모르고 신비한 프랑스의 자연을, 자연과 어우러진 사람들을 감상했다.

프랑스는 자연이었다. 적어도 내겐 그랬다. 프랑스에는 알프스 산맥이 있었고, 그곳에서 흘러내린 물이 만든 호수가 있었고, 바닥이 다 비칠 정도로 투명하고 아름다운 지중해가 있었고, 드넓은 대서양 바다를 앞에 둔 모래 언덕이 있었다. 지역을 옮길 때마다 말도 안 되게 아름답고 놀라운 자연이 펼쳐졌다. 누군가가 프랑스는 어땠냐고 묻는다면, 나는 모든 걸 제쳐놓고 이렇게 말할 것이다. "프랑스는 정말 자연이 미친 나라입니다."

프랑스에는 다양한 색을 가진 자연이 가득했다. 나는 그 자연을 온몸으로 느끼는 과정에서 프랑스를 사랑하게 됐다. 누군가에겐 프랑스는 도시일 것이다. 에펠탑이고, 루브르 박물관이고, 노트르담 대성당일 것이다. 하지만 나는 아니었다. 물론 프랑스의 도시도 좋았지만, 사람들이 좀처럼 찾지 않는 자연에서 말로 표현하기 힘든 감동을 받았다. 이곳저곳 여행을 다니다 보니 예전과 달리 주변 사람들의 추천을 귀담아듣지 않게 된다. 남들이 추천했던 여행지에서 실망을 느끼기도 했고, 반대로 남들이 극구

말리던 곳에서 감동하기도 했기 때문이다. 사람마다 보는 관점이 다르고, 사람마다 감동하는 지점이 다르다는 걸 깨달았기 때문이다.

삶도 마찬가지다. 타인이 좋다고 나에게도 좋을 거란 판단은 섣부르다. 타인에게 나쁘다고 나에게도 나쁠 거란 확신도 섣부르다.

선입견을 없애야 한다. 편견을 지워야 한다. 마음을 열어야 한다. 그래야 볼 수 있다. 그래야 느낄 수 있다. 그래야 삶을 제대로 여행할 수 있다.

Bordeaux
여행하면 남는 것

  푹푹 쪘던 무더위를 뚫고 보르도에 비가 내리기 시작했다. 비 오는 날, 보르도에서 할 만한 게 딱 하나 있었다. 와이너리 투어였다. 보르도에 왔다면, 특히 이곳 메독 지역까지 왔다면 와이너리 투어는 필수였다.

  숙소 할머니께서 와이너리 투어를 예약할 방법을 친절히 알려주셨다. 예전엔 와이너리에 직접 전화하거나 이메일을 보내야 했지만, 지금은 절차가 간편했다. 와이너리 투어 예약을 관리해주는 애플리케이션이 생겼기 때문이다. 대신 샤또 마고라든지, 샤또 오브리옹이라든지, 보르도 5대 와인을 생산하는 유명한 와이너리는 예약할 수 없었다. 그런 곳에 가려면 최소 두 달 전에는 예약해야만 했다. 미리 알아보지 않은 내 잘못이었다. 아쉬웠지만, 방법이 없었다.

기왕 이렇게 된 거, 질보다는 양으로 승부하기로 했다. 그래서 숙소 근처의 와이너리 투어를 세 군데나 예약했다. 샤또 앙글루데Chateau Angludet, 샤또 드 라우가Chateau de lauga, 샤또 라모뜨 베르제롱Chateau lamothe bergeron이었다. 조금 무리하는 거 아닌가 싶었지만, 곧 파리로 돌아가야 했기에 무리해서라도 최대한 많은 곳을 경험하고 싶었다.

첫 번째 와이너리는 샤또 앙글루데였다. 와인 투어를 예약할 때, 시음만 할 건지, 시음과 와이너리 투어를 함께 할 건지 선택할 수 있었다. 우리는 이곳뿐만 아니라 모든 와이너리를 시음과 투어 패키지로 예약했다. 미국 캘리포니아의 나파 밸리에 비하면, 이곳 투어 비용은 2만 원 정도로 굉장히 저렴한 편이었기 때문이다.

샤또 앙글루데의 직원은 말이 굉장히 빠른 편이었다. 그래서 놓치는 부분이 많았지만, 다행히 핵심은 제대로 이해할 수 있었다. 이 와이너리에 있는 포도나무는 모두 유기농 농법으로 재배한다는 것이었다. 그리고 또 하나 흥미로웠던 건, 포도나무의 나이에 따라 맛이 다르다는 사실이었다. 포도를 수확한 해에 따라 와인의 맛이 달라지는 건 알고 있었지만, 포도나무의 나이가 맛에 영향을 미친다는 건 처음 알게 된 사실이었다.

투어를 마치고 곧바로 시음이 이어졌다. 우리가 마신 와인은 2012 빈티지 와인, 그리고 두 개의 2016 빈티지 와인이었다. 하나는 어린 포도나무Young vine에서 수확한 것이었고, 하나는 늙은 포도나무Old vine에서 수확한 것이었다. 투어에서 들었던 설명을 직접 경험해볼 좋은 기회였다.

처음 마신 와인은 20212 빈티지였다. 솔직히 말하자면 특별함을 찾기 힘든 와인이었다. 하지만 섣불리 실망하기엔 일렀다. 와인의 맛은 와이너리에서 생산하는 와인의 종류에 따라, 와인을 생산한 해에 따라, 그리고 와인을 마시는 사람의 기분에 따라 달라지기 때문이다. 한 잔의 와인으로 그 와이너리를 평가하는 건, 코끼리의 코만 만지고 코끼리의 모습을 확신하는 것과 같다.

혹시나 놓치는 부분이 있지는 않을까, 최대한 오감을 열어 와인을 마시고 있으니 두 잔의 와인이 추가로 나왔다. 하나는 어린 나무, 하나는 늙은 나무에서 수확한 포도로 만든 2016 빈티지 와인이었다. 같은 와이너리에서 같은 해에 수확한 와인인데 큰 차이가 있을까 싶었다. 어린 포도나무의 와인을 한 잔 마시고 물로 입을 헹군 다음, 늙은 포도나무의 와인을 한 잔 마셨다. 놀라웠다. 같은 해에 수확한 포도로 만든 와인이라는 게 믿기지 않았다. 어린 포도나무의 와인은 활기찬 에너지가 사방으로 튀는 어린아이 같은 느낌이었다. 화사한 과일 향이 돋보이는 와인이었다. 반면, 늙은 포도나무의 와인은 차분하고 젠틀한 중년의 아저씨 같은 느낌이었다. 묵직하고 부드러운 향이 돋보이는 와인이었다. 정말 놀랍고 즐거운 경험이었다.

2012 빈티지만 마셨더라면 이 와이너리에 실망했을 것이다. 어린나무에서 수확한 포도로 만든 2016 빈티지만 마셨더라면 아쉬웠을 것이다. 하지만 우리에게 제공된 세 잔의 와인을 모두 다 마시고 나서야 비로소 제대로 된 즐거움을 느낄 수 있었다.

두 번째 와이너리는 샤또 드 라우가였다. 와이너리에 도착하니 멀리서 한 아저씨가 걸어와 활기찬 목소리로 인사를 건넸다. 이 와이너리의 대표로 보이는 그의 옷은 보라색으로 물들어 있었다. 포도의 즙이 군데군데 묻은 것이다. 그는 정말 죄송하지만 하던 일을 급히 마치고 오겠다며 잠시만 기다려 달라고 했다. 원한다면 포도나무에 열린 포도를 먹어 봐도 좋다고 했다. 좋은 기회였다: 와이너리의 포도를 먹을 기회가 언제 있겠는가.

보르도 와인은 보통 까베르네 소비뇽과 메를로가 주를 이루고, 까베르네 프랑과 쁘디 베르도는 소량 섞인다. 와이너리마다 비율이 다르긴 하지만, 보통은 그렇다. 보르도 와인을 만드는 데 쓰이는 포도들이 우리 눈앞에 있다니. 이걸 직접 눈으로 보고 먹어 볼 수 있다니. 우린 호기심 많은 아이처럼 포도를 맛보기 시작했다. 까베르네 소비뇽은 텁텁한 타닌이 듬뿍 느껴지는 맛이었고, 메를로는 일반 포도처럼 달고 부드러운 느낌이었다. 까베르네 프랑도, 쁘디 베르도도, 말벡도 모두 맛이 달랐다. 다른 곳에서는 하기 힘든 값진 경험이었다.

"늦어서 죄송해요. 급히 하던 일이 있어서요. 절 따라오세요." 우리가 포도를 즐기는 데 정신을 뺏긴 사이, 아저씨는 일을 마치고 돌아왔다. 무슨 일이 그렇게 바쁜지 여전히 정신이 없어 보였다. 그는 와인을 만드는 공장으로 우릴 안내하며, 지금은 포도의 즙을 짜내는 중요한 일을 하는 중이라고 설명했다. 그런데 일을 하는 사람은 직원한 명과 대표뿐인 듯했다. 알고 보니 직원은 그를 포함해 총 세 명이었는데, 그나마 한 명은 파트 타임으로 일을 돕는 그의 아내였다. 이 와이너리에 직원이 고작 세 명이라니. 그가 바쁠 수밖에 없었던 이유를 그제야 이해할 수 있었다.

"와이너리에는 등급이 있어요. 보통 땅의 크기에 따라 그랑 크뤼, 크뤼 부르주아, 크뤼 아티장으로 등급을 나누죠. 제 와이너리는 크뤼 아티장에 속해요." 그는 포도를 기르고, 수확하고, 와인을 만드는 모든 과정을 본인이 직접 담당한다고 했다. 나는 그 이야기가 흥미로웠다. 왜냐면 나도 그러기 때문이다. 원고를 쓰고, 책을 디자인하고, 원고를 인쇄소에 맡기고, 책을 판매하는 일까지 모두 나혼자 한다. 나는 그에게 말했다. "저도 책 만드는 일을 하는데 혼자서 다 해요. 원고를 쓰고, 디자인하고, 판매하는 일까지요." 그랬더니 그가 말했다. "아, 그럼 당신은 북아티장Book artisans이네요." 꽤 마음에 드는 호칭이었다. 다음부터는 누군가에게 나를 소개할 때, 작가보다는 북 아티장이라고 소개하는 게 좋겠다고 생각했다.

이번 투어는 대체로 산만했다. 대표의 걷는 속도도 빨랐고, 말하는 속도도 빨랐다. 투어를 진행하는 도중에 갑자기 일을 하기도 했고, 어딘가를 급히 갔다 오기도 했다. 심지어 마지막에는 투어 비용 받는 걸 깜빡하기까지 했

다. 그런데 나는 그 모든 것이 좋았다. 그의 모든 행동에
공감할 수 있었다. 혼자서 모든 걸 해내야 한다는 게 어
떤 건지 잘 알고 있었기 때문이다. 그런 와중에도 와이너
리의 구석구석을 보여주는 게 얼마나 노력을 쏟아야 하는
일인지 알고 있었기 때문이다. 와인을 떠나 한 사람의 삶
을 깊게 느낄 수 있었던 인상 깊은 투어였다.

 마지막 와이너리는 샤또 라모뜨 베르제롱. 이곳은 또 달
랐다. 와이너리 세 곳 모두, 이렇게나 다른 특색을 가지고
있다는 사실이 신기했다. 이곳의 투어는 굉장히 전문적이
었다. 투어를 진행하는 가이드는 태블릿 PC까지 가져와

서 와인의 공정 과정을 설명했고, 차분하고 꼼꼼하게 와이너리의 곳곳을 안내했다.

이 투어의 하이라이트는 시음이었다. 같은 와인의 2011, 2015, 2019 빈티지를 차례로 시음했다. 이렇게 시음하는 걸 버티컬 테이스팅Vertical tasting이라고 하는데, 한 와인이 빈티지별로 얼마나 다른 맛을 낼 수 있는지 확인할 수 있는 시음 방법이다. 그녀는 와인을 마실 땐 색을 보고 향을 맡고 마지막으로 맛을 보면 된다고 했다. 그리고 이해를 도울 수 있는 각종 자료를 통해 쉽고 자세히 설명했다. 이렇게 값싼 투어 비용을 내고 이 정도로 높은 퀄리티의 교육을 받아도 되나 싶었다. 그녀는 투어 가이드가 아니라 선생님이나 다름없었다.

선생님은 수시로 우리의 반응을 확인했다. 와인의 향에서는 어떤 과일이 떠오르는지, 와인의 맛에서는 어떤 뉘앙스가 느껴지는지 물었다. 우리가 대답할 때마다 고개를 끄덕거렸고, 부족한 게 있으면 설명을 보충했다. 훌륭한 선생님과 함께 있으니 자연스럽게 질문을 하게 됐다. 사소한 질문부터 까다로운 질문까지, 그녀는 모든 질문에 차분하게 답했다. 이런 선생님과 함께라면 성적이 늘지 않을 수 없겠구나, 하는 엉뚱한 생각이 들었다.

"마지막으로 궁금한 게 있을까요?" 모든 과정이 끝나고 그녀가 물었다. 충분히 질문했지만, 마지막으로 묻고 싶은 게 하나 있었다. "2022년은 보르도 날씨가 너무 더워서 포도에 안 좋은 영향을 끼칠 거 같은데 어떤가요?" 그녀는 좋은 질문이라는 듯 웃으며 대답했다. "맞아요. 저희도 올해 날씨 때문에 많이 걱정했어요. 포도가 너무 말라버려서 평소보다 즙이 많이 나오지 않았거든요. 그런데 예상외로 와인의 퀄리티가 좋아서 저희도 당황했어요."

나는 장난스럽게 말했다. "그럼 2022년 빈티지 마시러 또 와야겠네요." 그녀도 장난스럽게 말했다. "좋아요. 그런데 조심하세요. 2022 빈티지는 소량에 퀄리티가 좋아서 가격이 비쌀 거예요."

와이너리 세 개를 다 돌고 나니 어느새 해가 지기 시작했다. 숙소에 도착한 우리는 와인숍에서 산 와인의 코르크를 열었다. 그리고 오늘 방문했던 와이너리를 떠올리며 와인을 마셨다. 라벨에 있는 빈티지를 확인했다. 2015 빈티지였다. 2015년과 2016년은 날씨가 좋았던 해라 믿고 마셔도 된다고 했던 샤또 앙글루데 가이드의 말이 떠올랐다. 빈티지 아래에는 크뤼 브루주아라고 적혀 있었다. 크기에 따라 등급이 나뉜다던 샤또 드 라우가 아저씨의 정신 없는 모습이 떠올랐다. 와인을 잔에 따랐다. 평소 같았으면 그냥 마셨을 테지만, 샤또 라모뜨 베르제롱에서 받았던 교육 내용을 떠올리며 하얀 표면에 와인 잔을 비춰 색을 확인했다. 그리고 향을 맡은 다음 와인을 천천히 음미했다. 훌륭했다. 평소보다 와인에서 더 복합적인 맛이 느껴지는 것만 같았다. 아마, 와인 한 잔에 세 와이너리의 '추억'이 진하게 담겨 있어서 그렇게 느꼈을지도 모른다.

여행하면서 가끔 생각한다. 여행하면 뭐가 좋을까. 뭐가 남을까. 돈은 돈대로 깨지고 시간은 시간대로 빠지는데 무얼 남기고자 여행하는 걸까. 따지고 보면 남는 건 추억 밖에 없다. 우리가 그날 이곳에 있었구나, 하는 추억.

추억이 밥을 먹여주는 건 아니다. 승진에 도움이 되는 것도 아니고, 다들 열 올리는 재테크에 도움이 되는 것도 아니다. 그저 회상했을 때, 잠시 웃게 만들어 줄 뿐이다.

그래도 난 추억을 많이 쌓고 싶다. 더 많은 나라에서 더 많은 추억을 쌓고 싶다. 항상 생각한다. 죽기 전에 돈이 많은 사람보다는 추억이 많은 사람으로 남고 싶다고.

죽기 전, 남부 프랑스의 지중해 바다를 떠올리고 싶다. 반짝이는 도심 풍경을 보며 에펠탑이 반짝이던 파리를 떠올리고 싶다. 수북이 쌓여 있는 눈을 보며 샤모니에서 본 몽블랑을 떠올리고 싶다. 떨어지는 낙엽을 보며 안시 호수의 가을을 떠올리고 싶다.

많은 걸 가진 사람으로 죽기보다 많은 추억을 가진 사람으로 죽고 싶다. 그래서 더 여행하고 싶다. 평생 여행하며 더 많은 추억을 쌓고 싶다. 여행의 추억을 길게 이어 좀처럼 끝나지 않는, 상영 시간이 긴 영화를 만들고 싶다. 훗날 그 영화를 보며 웃을 수 있는, 그런 삶을 살고 싶다.

Paris
안녕, 프랑스

다시 파리로 가기 위해 보르도 기차역에 들렀다. 도대체 어디서 기차를 타야 하는지 몰라 어지러운 전광판을 앞에 두고 한참을 헤맸다. 이러다 기차를 놓치겠다 싶어 보르도 기차역을 지키는 경찰에게 다가가 길을 물었다. 나보다 키가 큰, 왠지 인상이 차가워 보이는 여자 경찰이었다. 하지만 내가 길을 묻자 그녀는 환한 미소를 지으며 이렇게 말했다. "미안해요. 영어가 서툴러서요." 그녀는 익숙하지 않은 영어로 손짓을 섞어 가며 길을 설명했다. 그때, 저 멀리서 한 아주머니가 다가오더니 경찰에게 말했다. "괜찮으시다면 제가 대신 길을 설명해도 될까요?" 경찰이 길을 설명하는 데 애먹는 모습을 보고 애써 우리에게 다가온 것이다. 이렇게 고마울 수가. 그녀의 설명을 들은 우리는 다행히 기차를 놓치지 않을 수 있었다.

프랑스 사람들이 우리에게만 유독 친절한 걸까, 아니면 우리가 그저 운이 좋은 걸까. 그건 잘 모르겠지만, 이제 이거 하나는 분명히 알 것 같다. 프랑스인이 불친절하다는 건 편견이라는 것이다. 적어도 우리에게는 그게 진실이었다.

기차를 타고 두 시간 만에 파리에 도착했다. 이번에도 도시 중심부가 아니라 외곽에 숙소를 잡았다. 걸어서 한 시간이면 에펠탑에 닿는 좋은 위치의 숙소였다. 파리 외곽의 동네가 한눈에 내려다보이는 전망이 좋은 집이었다. 숙소 테라스에 앉아서 여유롭게 시간을 보내도 참 좋겠다고 생각했지만, 그럴 수 없었다. 우리에게 주어진 시간은 단 이틀이었기 때문이다. 곧 이별하게 될 파리를 두고, 숙소 안에서 시간을 허비할 순 없었다. 파리와 조금이라도 더 자주 인사하고 싶었다.

낮에는 파리를 정처 없이 거닐다 밤이 되면 에펠탑을 찾았다. 돌고 돌아 마지막은 항상 에펠탑이었다. 떠나기 전날엔 비가 내렸지만, 그래도 에펠탑으로 향했다. 아마, 폭우가 쏟아졌더라도 갔을 것이다. 한국으로 돌아가면 눈에 아른거릴 에펠탑을 단 1분 만이라도 보고 싶었기 때문이다. 참 알 수 없는 일이다. 내가 에펠탑을 이렇게나 좋아하게 될 줄이야.

다행히 비가 그쳤다. 비 온 뒤 안개가 자욱하게 깔린 에펠탑의 모습은 평소보다 더 아름다웠다. 우린 에펠탑이 정면으로 보이는 벤치에 자리를 잡았다. 운이 좋았다. 평소 같았으면 자리가 없어서 앉지 못했을 명당이었다. 벤치에 앉아 보르도에서 사 온 와인을 열었다. '에펠탑을 처음 본 게 엊그제 같은데, 벌써 떠나야 할 시간이라니….' 와인을 마시며 감상에 빠져있는데 사람들의 환호성이 들렸다. 9시 정각. 에펠탑이 반짝거리고 있었다. 에펠탑 주변의 반짝거리는 별을 보고 있으니 한 달간의 프랑스 여행이 주마등처럼 스쳐 지나갔다.

친절한 사람들이 있었고, 아름다운 자연이 있었다. 모든 순간이 감동이었고, 모든 순간이 아름다웠다. "여길 또 언제 올 수 있을까…." 언제가 될진 모르겠지만, 언젠가는 꼭 다시 오리라 다짐했다. 언젠가는 이 자리에 다시 앉아 오늘의 추억을 회상하며 새로운 이야기를 써 내려가리라 다짐했다.

10시가 되니 에펠탑이 다시 반짝거렸다. 11시가 되니 에펠탑이 또다시 반짝거렸다. 이제는 돌아갈 시간이었다. 아쉬움에 무거워진 엉덩이를 벤치에서 떼고 지하철역까지 최대한 천천히 걸어갔다. 에펠탑이 아쉬워서, 파리가 아쉬워서, 곧 헤어지게 될 프랑스가 아쉬워서 자꾸 고개를 돌려 에펠탑을 바라봤다. 에펠탑은 언제나 그랬듯 찬란한 빛을 내며 자리를 지키고 있었다. 앞으로도 그럴 것이다. 나만 마음을 먹는다면, 우리만 약속한다면, 언제든지 다시 올 수 있을 것이다. 그렇게 생각하니 아쉬운 마음이 조금은 가라앉았다.

안녕, 에펠탑. 안녕, 파리. 안녕, 프랑스.
이제는 정말 돌아가야 할 시간이었다.

Epilogue

"편견을 깨준 여행." 이번 여행을 한 문장으로 표현하자면 이렇게 말할 수 있을 것 같다. 그동안 내 머리엔 어설픈 지식과 불확실한 정보가 버무려져 있었다. 직접 보지도 않고, 경험하지도 않고 그게 옳다고 생각했다.

프랑스는 재미없는 곳이라고 생각했다. 남들 다 가는 파리, 남들 다 보는 에펠탑, 충분히 어깨너머로 보고 들었는데 굳이 가야 하나 싶었다. 아마, 라라 파비안의 공연이 아니었다면 이번 여행지를 프랑스로 정하지 않았을지도 모른다. 프랑스는 파리가 전부라고 생각했다. 복잡한 도시보다는 한적한 시골을 선호하는 나에게 파리는 맞지 않다고 생각했다. 하지만 아니었다. 남들 다 보는 에펠탑을 처음 본 순간, 내 생각이 틀렸다는 걸 깨달았다. 파리를 환하게 비추는 에펠탑의 모습은 봐도 봐도 좋았다. 남들의 시선이 아니라 내 시선으로 바라본 에펠탑은 비교도 할 수 없을 만큼 아름다웠다. 그 외에도 많은 곳이 인상적이었지만, 에펠탑 하나만으로도 파리는 재미있는 곳이었다. 재미를 넘어 감동적인 곳이었다.

프랑스는 도시라고 생각했다. 하지만 아니었다. 프랑스는 거대한 자연이었다. 알프스 산맥에서 흘러 내려온 물이 만든 커다란 안시 호수를 본 순간, 프랑스의 자연에 눈이 휘둥그레졌다. 샤모니에서 케이블카를 타고 올라가 몽블랑을 본 순간, 눈앞에 펼쳐진 장관에 입을 다물지 못했다. 해발 2,802m의 라 보네트 고개를 차로 올라가면서도, 트레콜파 호수 하이킹 코스를 걸으면서도, 듄드필라의 모래 언덕을 맨발로 걸으면서도, 말로 표현하기 힘든 위대한 자연에 감탄했다. 지중해는 두말할 것도 없었다. 속이 훤히 들여다보이는 투명한 지중해 바다에서 자유롭게 수영하던 경험을, 나는 죽을 때까지 추억할 것이다.

프랑스는 불친절한 곳이라고 생각했다. 이 역시 아니었다. 배려심 깊고 친절한 사람들이 가득한 곳이었다. 우리가 떠난다고 하니 창문을 열고 손을 흔들며 인사하던 파리 숙소의 할머니, 우리의 잠을 깨우지 않기 위해 조심스레 조식을 준비하던 보르도 부부 호스트, 우리가 떠나는 날 직접 만든 쿠키를 가져와 선물로 건네주시던 메독 숙소의 할머니, 매번 최고의 와인을 추천해줬던 안시의 와인숍 사장님, 그 외에도 곤란한 일이 생길 때마다 선뜻 우리를 도와줬던 길거리의 사람들까지. 모두 친절했다. 생활방식과 사고방식이 다를 수는 있지만, 그들도 같은 사람이었다. 문화의 차이가 있고, 언어의 장벽이 있을 뿐이었다. 차이와 장벽은 따뜻한 말 한마디, 고마움의 손짓이면 허물어졌다.

"프랑스는 편견이 깨진 여행이었어." 여행을 마치고 돌아온 우리가 프랑스를 떠올릴 때마다 하는 소리다. '나는 아무것도 모르는 사람이었구나. 마음을 열고 세상을 바라봐야겠다.' 프랑스를 다녀온 후의 내 다짐이다.

세상엔 직접 보지 않으면 절대 알 수 없는 것들, 직접 경험하지 않으면 절대 느낄 수 없는 것들로 가득하다. 타인이 쓴 것을 읽고 타인이 말한 것을 들어도, 내가 직접 경험하고 해석하는 것에 한참 못 미친다. 내가 직접 봐야만 이해할 수 있다. 내가 직접 경험해야만 공감할 수 있다. 내 가슴으로 직접 느껴야만 비로소 깨달을 수 있다.

다음 여행지는 어디가 될지 모르겠다. 보통은 여행을 끝마치기도 전에 다음 여행지를 고민했는데, 이번엔 그렇지 않다. 여행이 지겨워졌기 때문은 아니다. 이번 여행이 그만큼 충만해서인지도 모른다. 이번 여행을 좀 더 오래 간직하고 싶기 때문일지도 모른다. 당분간은 일상이라는 여행을 즐길 것이다. 일상을 여행하다 일상이 무뎌질 때가 되면 또 어딘가로 떠나고 있을 것이다. 그때가 되면 새로운 세상을 직접 보고 경험하면서 또 다른 나를 마주하고 있을 것이다.

떠나야 비로소 깨닫는 것들

초판 1쇄 발행 2023년 3월 10일

지은이 강주원
펴낸이 강주원

펴낸곳 비로소
전자우편 biroso_publisher@naver.com
등록번호 2019년 9월 10일(제2019-000030호)

ISBN 979-11-966565-9-1 03810